キミと、いつか。

だれにも言えない“想い”

宮下恵茉・作
染川ゆかり・絵

集英社みらい文庫

うつむくと、はらりと落《お》ちる前髪《まえがみ》。
ほおづえをつき、窓《まど》の外《そと》を見《み》るキミの横顔《よこがお》。
いくら思《おも》っても、しかたない。
だって、キミには好《す》きな子《こ》がいるんだから。
自分《じぶん》にそう言《い》い聞《き》かせても、つい目《め》で追《お》ってしまう。

だれにも言《い》えない、この気《き》持《も》ち。
いつか、忘《わす》れられる日《ひ》が来《く》るのかな。
……キミを。

目次《もくじ》＆人物紹介《じんぶつしょうかい》

鳴尾若葉《なるおわかば》

中《ちゅう》1。あだ名《な》は“なるたん”。美人《びじん》でさばさばした性格《せいかく》。石崎《いしざき》くんが好《す》き。

辻本莉緒《つじもとりお》

なるたんのクラスメイト。石崎《いしざき》くんの彼女《かのじょ》？

中嶋《なかじま》涼太《りょうた》

なるたん、
石崎《いしざき》くんと同《おな》じ塾《じゅく》。
なるたんのことが
大好《だいす》き。

石崎《いしざき》智哉《ともや》

なるたんの
クラスメイト。
莉緒《りお》の彼氏《かれし》？

あらすじ

私《わたし》の好《す》きな人《ひと》は
同《おな》じクラスの石崎《いしざき》くん。
でも、彼《かれ》には
彼女《かのじょ》がいる。
かなわない恋《こい》。

……そんなこと、わかってる。

諒太《りょうた》は、
私《わたし》のことが「好《す》き」
なんだって。
でも、本気《ほんき》かどうか、
わからない。

**恋《こい》ってうまく
いかないな。**

石崎《いしざき》くんのこと、**ひみつ**にしてたのに、諒太《りょうた》に気《き》づかれた!?

「がまんしてるだろ」って言《い》われて、**泣《な》いちゃった。**

ある日《ひ》、家《いえ》でちょっとした**事件《じけん》**が!

そのとき、助《たす》けてくれたのは諒太《りょうた》だった。

……諒太《りょうた》のおかげ。

心《こころ》の中《なか》ではそう思《おも》っているけど、なかなか口《くち》に出《だ》せなくて……。

どうなる、なるたんの恋《こい》!?

続《つづ》きは本文《ほんぶん》を楽《たの》しんでね❤

1 いきなりの失《しつ》恋《れん》

ピッ
塾《じゅく》の受付《うけつけ》カウンターで塾生《じゅくせい》カードをとおしてから、教室《きょうしつ》に入《はい》る。

いつもの席《せき》にかばんを置《お》いてイスに座《すわ》ろうとしたら、わたしの前《まえ》に、同《おな》じ塾生《じゅくせい》の中嶋諒《なかじまりょう》太《た》が立《た》ちはだかった。

「あのさ、鳴尾《なるお》」

「なによ」

思《おも》わず身《み》がまえると、諒太《りょうた》は真《ま》っ白《しろ》な歯《は》を見《み》せ、教室中《きょうしつじゅう》にひびきわたる声《こえ》で言《い》った。

「俺《おれ》と、つきあおうぜ！」

わたしは、そのひまわりみたいな笑顔《えがお》を五秒《びょう》ほど見《み》つめてから、

「ムリ」

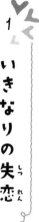

冷《つめ》たく言《い》いかえして、席《せき》についた。

とたんに教室《きょうしつ》が、どっと笑《わら》いにつつまれた。

「はい、諒太《りょうた》、ざんねん〜！」

「二十回目《にじゅっかいめ》の失恋《しつれん》、おめでとう！」

同《おな》じ塾生《じゅくせい》の広瀬《ひろせ》と坂田《さかた》がはやしたてる。

「なんでだよう〜、鳴尾《なるお》。俺《おれ》だぜ？　中嶋諒太《なかじまりょうた》だぜ？」

そう言《い》って、諒太《りょうた》は親指《おやゆび》で自分《じぶん》の胸《むね》をさした。

「身長《しんちょう》は……まあ高《たか》くはないかもしんないけど、まだまだ成長期《せいちょうき》だし。男前《おとこまえ》だし、運動神《うんどうしん》経《けい》ばつぐんだし、名門《めいもん》・聰明学院《そうめいがくいん》に通《かよ》ってるし。おまけに、天下《てんか》の中嶋総合病院《なかじまそうごうびょういん》の御曹司《おんぞうし》だぜ？　どこがダメなわけ？」

黒目《くろめ》がちな大《おお》きな瞳《ひとみ》で、わたしを見《み》つめる。

（……ま、たしかにモテるって聞《き》いたことはあるけどさ。それ、自分《じぶん》で言《い》う？）

その瞳《ひとみ》をじろりとにらみつけて、わたしは言《い》ってやった。

「そういうとこ、ぜんぶ」

諒太《りょうた》は口《くち》をぽかんとあけて、

「……ぜんぶ？」

力《ちから》なくつぶやいた。

「自分《じぶん》のこと、自信満々《じしんまんまん》に言《い》うのもやだし、好《す》きってかんたんに言《い》うとこもやだ」

わたしは言《い》うだけ言《い》うと、かばんからテキストを取《と》りだした。

諒太《りょうた》が、あわててイスに座《すわ》る。

「だって、俺《おれ》が男前《おとこまえ》で、運動神経《うんどうしんけい》よくて、頭《あたま》よくて、家《いえ》が金持《かねも》ちなのは事実《じじつ》なんだから、しょうがねーじゃん。それに、俺《おれ》、鳴尾《なるお》のこと、ホントに好《す》きなんだもん」

ぷうっとほっぺたをふくらませたその顔《かお》を見《み》ながら、指《ゆび》でデコピンしてやった。

「イッテ！」

諒太《りょうた》が、おおげさにさわいでおでこを押《お》さえる。

「『好《す》きなんだもん』じゃないっ！　あのねえ、『好《す》き』っていう気持《きも》ちは、もっと神聖《しんせい》なものでしょ？　あんたみたいに軽々《かるがる》しく言《い》うことじゃないのっ」

「べつに、軽々《かるがる》しく言《い》ってねーし。だいたい、好《す》きに軽《かる》いも重《おも》いもねーし」

おでこを押《お》さえたままぶつぶつ言《い》う諒太《りょうた》から、こっそり視線《しせん》をはずす。

（そう、好《す》きっていうのは、もっと……）

窓《まど》ぎわの定位置《ていいち》に座《すわ》る石崎《いしざき》くんの姿《すがた》を、そっと盗《ぬす》み見《み》る。

諒太《りょうた》の告白《こくはく》なんてまるで興味《きょうみ》ないみたいな顔《かお》で、ほおづえをついて、テキストに目《め》を落《お》としている。

（……そうだよね。わたしが諒太《りょうた》に告白《こくはく》されたって、石崎《いしざき》くんにとっては、どうでもいいことだよね）


石崎《いしざき》くんを初《はじ》めて見《み》たのは、中学《ちゅうがく》に入《はい》る前《まえ》の春休《はるやす》み。

初《はじ》めてこの啓輝塾《けいきじゅく》に来《き》たときだった。

――わたしよりも、背《せ》が高《たか》い男子《だんし》がいる。

それが、石崎《いしざき》くんの第一印象《だいいちいんしょう》。

小学校時代《しょうがっこうじだい》、学年《がくねん》で一番背《いちばんせ》が高《たか》かったわたしにとって、自分《じぶん》より背《せ》が高《たか》い男子《だんし》というだけで、石崎《いしざき》くんは特別《とくべつ》な存在《そんざい》になった。

加《くわ》えて、その大人《おとな》っぽい見《み》た目《め》と、物静《ものしず》かなたたずまいに、わたしはすぐに恋《こい》に落《お》ちてしまった。

そして、中学《ちゅうがく》の入学式《にゅうがくしき》。

わたしと同《おな》じ一年《ねん》二組《くみ》の名簿《めいぼ》のなかに、『石崎智哉《いしざきともや》』の名前《なまえ》を見《み》つけた。

同《おな》じ中学《ちゅうがく》になることはわかっていたけど、まさか同《おな》じクラスになれるなんて！

わたしの中学生活《ちゅうがくせいかつ》、バラ色《いろ》かも……！

な〜んて、最初《さいしょ》は期待《きたい》していたんだけど。


石崎《いしざき》くんが、同《おな》じクラスの辻本《つじもと》さんとつきあいだしたと聞《き》いたのは、中学校生活《ちゅうがっこうせいかつ》にも慣《な》れてきた六月頃《がつごろ》。同《おな》じバレーボール部《ぶ》の子《こ》たちのうわさ話《ばなし》からだった。

（なんで、辻本《つじもと》さん？）

そう思《おも》ったけど、心《こころ》のどこかでやっぱりなとも思《おも》った。

だって辻本《つじもと》さんは、どこから見《み》てもかわいらしい女《おんな》の子《こ》だ。

小柄《こがら》で、きゃしゃで、ふわっとしていて、おとなしくて、いかにも『女《おんな》の子《こ》』って感《かん》じ。

背《せ》が高《たか》くて、言《い》いたいことをはっきり言《い》う、わたしみたいにかわいげのない女《おんな》とはぜんぜんちがう。そりゃあ石崎《いしざき》くんに限《かぎ》らず、男子《だんし》ならだれだって好《す》きになるよね……。

そう思《おも》ったけど、やっぱりホントのことなのか知《し》りたくて、同《おな》じ小学校出身《しょうがっこうしゅっしん》で、辻本《つじもと》さんとも仲《なか》がいい、『まいまい』こと林麻衣《はやしまい》に、本当《ほんとう》なのか確認《かくにん》してみた。

でも、すぐに「そうみたい」って言《い》われてしまった。

(……だよね)

辻本《つじもと》さんがかわいいのはみとめる。

だけど、石崎《いしざき》くんがその『かわいい』辻本《つじもと》さんを選《えら》んだことに、ものすごくがっかりした。

(あ〜あ、石崎《いしざき》くんだけは、ほかの男子《だんし》たちとはちがうって思《おも》ってたのに)

大人《おとな》たちは、『人間《にんげん》、見《み》た目《め》より中身《なかみ》が大事《だいじ》』なんて言《い》うけど、結局《けっきょく》、世《よ》の中《なか》見《み》た目《め》なんだよなあ。

もう一度《いちど》、石崎《いしざき》くんの横顔《よこがお》を盗《ぬす》み見《み》て、きゅっとくちびるをかみしめる。

石崎《いしざき》くんと辻本《つじもと》さんは、両想《りょうおも》い。

だから、あきらめるしかない。

だけど、わたしはまだ石崎《いしざき》くんへの想《おも》いを手放《てばな》せずにいる。

思《おも》っていたって、しかたないのに。


「なあなあ、鳴尾《なるお》。じゃあどうしたら、俺《おれ》のこと、好《す》きになってくれるわけ？　俺《おれ》、努力《どりょく》するからさあ」

その声《こえ》に、はっと視線《しせん》をもどすと、諒太《りょうた》が腕《うで》の上《うえ》にあごをのせ、柴犬《しばいぬ》みたいな顔《かお》でじっとわたしを見《み》ていた。

（やばっ）

わたしは、あわてて背筋《せすじ》を伸《の》ばしてから、一息《ひといき》に言《い》った。

「悪《わる》いけど、わたし、ぜったい諒太《りょうた》のこと好《す》きにならないと思《おも》うから、無駄《むだ》な努力《どりょく》はしなくていいよ」

「ひっでえ！　なんで？」

諒太《りょうた》は目《め》をウルウルさせて、わたしを見《み》る。

「かわい子《こ》ぶってもム～リ」

そう言《い》って、英語《えいご》のテキストを広《ひろ》げる。

「まっ、鳴尾《なるお》のそういう〝クールビューティー〟なとこが、またいいんだけど」

諒太《りょうた》の言葉《ことば》に、あきれて息《いき》をつく。


中嶋諒太《なかじまりょうた》は、わたしと同《おな》じつつじ台小学校出身《だいしょうがっこうしゅっしん》だ。

五年生《ねんせい》のときに初《はじ》めて同《おな》じクラスになった。

出席番号《しゅっせきばんごう》が近《ちか》いせいで、なにかと同《おな》じ班《はん》になることが多《おお》く、それ以来《いらい》、なぜだかわたしのことを気《き》に入《い》ったみたい。会《あ》うといつも、『鳴尾《なるお》、つきあおうぜ！』と、あいさつのように告白《こくはく》してくる。

もちろん、わたしにはそんな気《き》、まったくなくて、毎回《まいかい》『ムリ』って冷《つめ》たくあしらっている。だけど、ぜんぜんへこたれない変《へん》なやつ。

諒太《りょうた》は、小学校時代《しょうがっこうじだい》から、とにかく目立《めだ》っていた。

ほかの男子《だんし》たちとはあきらかにちがうおしゃれなファッションに、黒目《くろめ》がちで女《おんな》の子《こ》みたいなかわいらしい顔立《かおだ》ち。茶色《ちゃいろ》がかった髪《かみ》のせいか、チャラチャラして見《み》える。

なのに、憎《にく》たらしいことに、ものすごく頭《あたま》がいい。

諒太《りょうた》が通《かよ》う私立聡明学院中等部《しりつそうめいがくいんちゅうとうぶ》は、ここから電車《でんしゃ》で二時間《じかん》ほどの街《まち》にある全国《ぜんこく》でもトップクラスの進学校《しんがくこう》だ。

その聡明《そうめい》に、諒太《りょうた》はこの啓輝塾《けいきじゅく》からただ一人《ひとり》、合格《ごうかく》した。塾《じゅく》の前《まえ》の掲示板《けいじばん》には、『祝《しゅく》・合格《ごうかく》　聡明学院中等部《そうめいがくいんちゅうとうぶ》　中嶋諒太《なかじまりょうた》くん』といまだにはりだされている。

このあたりでは、この啓輝塾《けいきじゅく》が、一番《いちばん》の進学塾《しんがくじゅく》だって言《い》われている。

つまり、諒太《りょうた》はそのなかでもダントツに頭《あたま》がいいってことだ。

小学校時代《しょうがっこうじだい》は、スイミングスクールで本格的《ほんかくてき》に競泳《きょうえい》をやっていて、朝礼《ちょうれい》で何度《なんど》も表彰《ひょうしょう》されているのを見《み》たことがある。もしかしたら、オリンピックも夢《ゆめ》じゃないかもよ？　なんてうわさされてたのに、中学受験《ちゅうがくじゅけん》をきっかけにやめてしまったらしい。

なんでやめちゃったのかと諒太《りょうた》に聞《き》いてみたら、「だって、中学入《ちゅうがくはい》ってまで水泳《すいえい》なんてだりいし」なんて言《い》っていた。

そういういいかげんなところも、好《す》きじゃない。

諒太《りょうた》の家《いえ》は、この街《まち》で一番大《いちばんおお》きな中嶋総合病院《なかじまそうごうびょういん》で、自分《じぶん》で言《い》っているようにこのあたりではだれもが知《し》っているお金持《かねも》ち。つつじ台《だい》の高台《たかだい》にある諒太《りょうた》の家《いえ》は、うちの家《いえ》が五《いつ》つくらい入《はい》りそうなすっごい豪邸《ごうてい》だ。

女子《じょし》のなかには、そんな諒太《りょうた》のことをいいって言《い》ってる子《こ》もいるらしいけど、残念《ざんねん》ながら、わたしはいくら告白《こくはく》されたって諒太《りょうた》には一ミリも興味《きょうみ》ない。

(あ〜あ、世《よ》の中《なか》うまくいかないなあ)

わたしが好《す》きな石崎《いしざき》くんには辻本《つじもと》さんという彼女《かのじょ》がいて、わたしがまったく興味《きょうみ》のない諒太《りょうた》は、わたしのことを好《す》きだという。

「はい、静《しず》かにー。今《いま》から英語《えいご》の書《か》き取《と》りテストするぞー」

いつの間《ま》にか、授業《じゅぎょう》が始《はじ》まっていた。

気《き》を取《と》りなおして、配布《はいふ》されたプリントに自分《じぶん》の名前《なまえ》を書《か》こうとしたら、シャーペンの芯《しん》がぽきりと折《お》れた。

2 しっかりなんて、してないのに

「ねえねえ、なるたん。聞《き》いた？」

部活《ぶかつ》が終《お》わったあと、同《おな》じバレーボール部《ぶ》の恒川《つねかわ》あずみが声《こえ》をかけてきた。

「なにを？」

汗《あせ》をふいたタオルをかばんに入《い》れながら聞《き》くと、あずみは鼻《はな》にしわを寄《よ》せた。

「石崎《いしざき》くんと辻本《つじもと》さん、この間《あいだ》の土曜日《どようび》、映画観《えいがみ》に行《い》ってたんだって。となりのクラスの子《こ》たちが、偶然見《ぐうぜんみ》かけたらしいよ」

（ふたりで、デート、かあ……）

そりゃあつきあってるんだから、デートくらい行《い》くんだろうけど、そんな情報《じょうほう》、正直聞《しょうじきき》きたくなかった。鼻《はな》の奥《おく》がツンとなる。

「ふうん」

わたしがいかにも興味《きょうみ》なさそうに返事《へんじ》をすると、あずみは急《いそ》いで言葉《ことば》を続《つづ》けた。

「でもさあ、辻本《つじもと》さんって、女子《じょし》とはぜんぜんしゃべらないくせに、石崎《いしざき》くんとだったら話《はな》せるって、なんかおかしくない？」

わたしはあずみの顔《かお》をじっと見《み》た。

部活《ぶかつ》だけでなく、クラスもいっしょのあずみは、入学《にゅうがく》したときからずっとこの調子《ちょうし》だ。

どうも辻本《つじもと》さんのことが気《き》に入《い》らないらしくて、いつもいっしょに行動《こうどう》している足立夏月《あだちなつき》を相手《あいて》に、辻本《つじもと》さんの悪口《わるくち》ばかり言《い》っている。

（まあ、あずみの気持《きも》ちもわかるけどさ）

辻本《つじもと》さんとは、ほとんど話《はなし》をしたことがないけど、まいまいからの情報《じょうほう》によると、性格《せいかく》もいいらしい。あんなにかわいくて、しかも性格《せいかく》までいいなんて、ズルイ。

だからきっと、あずみに限《かぎ》らずほかの子《こ》たちも辻本《つじもと》さんの悪口《わるくち》を言《い》いたくなってしまうんだろう。

わたしだって石崎《いしざき》くんの彼女《かのじょ》である辻本《つじもと》さんに、あまりいい感情《かんじょう》は持《も》てないけど、だからといって、あずみたちといっしょになって、辻本《つじもと》さんの悪口《わるくち》なんて言《い》いたくない。

「そうかな。辻本《つじもと》さんは、まいまいとだってよくしゃべってるじゃん。おとなしい子《こ》だから、自分《じぶん》からみんなの輪《わ》に入《はい》れないだけなんじゃない？」

そっけなく答《こた》えると、

「……そうかもしれないけどさ」

あずみはあきらかに不満《ふまん》げな顔《かお》で口《くち》ごもった。そしてそれ以上《いじょう》わたしに話《はなし》をしてもムダだと思《おも》ったのか、夏月《なつき》たちがいるほうへと行《い》ってしまった。

(あ〜あ、辻本《つじもと》さんのこと、かばっちゃったよ)

べつに、そんなつもりなかったのに。

女子《じょし》の集団《しゅうだん》は、苦手《にがて》だ。いつでも『いっしょ』を求《もと》めてくるから。

さっきも、あずみは教室《きょうしつ》にカサを忘《わす》れたから、だれかついてきてって言《い》っていた。

そんなの、ひとりで行《い》けばいいのに。

中学《ちゅうがく》に入《はい》ったのをきっかけに、スマホを持《も》つようになった子《こ》は多《おお》い。わたしも、お祝《いわ》いにって買《か》ってもらった。

だけど、わたしはまいまい以外《いがい》の子《こ》には、メアドも電話番号《でんわばんごう》も教《おし》えていない。

だってそんなの教《おし》えたら、くだらないメールが大量《たいりょう》に送《おく》られてきたり、余計《よけい》なトラブルに巻《ま》きこまれるに決《き》まってる。

わたしはクラスでも、部活《ぶかつ》でも、特定《とくてい》のグループには入《はい》らない主義《しゅぎ》。

だれかといっしょじゃなくても、ぜんぜん気《き》にならないし、ひとりのほうが気楽《きらく》だし。

まわりの子《こ》たちも、わたしがそういう性格《せいかく》だってわかってるみたいで、ほうっておいてくれる。

それは助《たす》かるんだけど……。


「塾《じゅく》あるし、先帰《さきかえ》るね。おつかれー」

さっさとシューズをかばんに入《い》れて部室《ぶしつ》を出《で》ると、先《さき》に着《き》がえをすませた二年《ねん》の先輩《せんぱい》たちと、ばったりでくわした。

「おつかれ様《さま》でした！」

そう言《い》って頭《あたま》を下《さ》げると、

「鳴尾《なるお》さん」

ひとりの先輩《せんぱい》に呼《よ》ばれた。

「今日《きょう》、一年《ねん》で練習中《れんしゅうちゅう》におしゃべりしてる子《こ》、何人《なんにん》かいたから注意《ちゅうい》しといてくれる？」

「……えっ、わたしが、ですか？」

「そうだよ。鳴尾《なるお》さん、一年《ねん》で一番《いちばん》しっかりしてるし、頼《たよ》りにしてるからね。じゃあ、頼《たの》んだよ」

そう言《い》うと、手《て》をひらひらとふって、校門《こうもん》のほうへむかって歩《ある》きだした。

「失礼《しつれい》します！」

下校《げこう》する先輩《せんぱい》たちにむかって頭《あたま》を下《さ》げながら、心《こころ》のなかで思《おも》う。

（あ～、また頼《たの》まれちゃったよ。なんでわたしなんだろ……）

入部《にゅうぶ》して、もうすぐ三か月《げつ》。

後輩指導係《こうはいしどうがかり》の先輩《せんぱい》たちは、一年生《ねんせい》に文句《もんく》があるとき、なぜだかいつもわたしに言《い》ってくる。わたしはべつに一年生《ねんせい》のリーダー役《やく》でもなんでもないのに。

小学校《しょうがっこう》のときからそうだった。

体《からだ》が大《おお》きいからか、わたしはいつでも『しっかりしてる子《こ》』と思《おも》われて、いつもまわりから頼《たよ》りにされてしまう。

ひとりでなんでもちゃっちゃとやってしまうから、そう見《み》られてしまうのかもしれない。

（ま、いやでも断《ことわ》らないわたしが悪《わる》いんだけどさ）

地面《じめん》に転《ころ》がる石《いし》を、こつんと蹴《け》る。

学校《がっこう》だけじゃない、家《いえ》でだってそう。

四人姉弟《よにんきょうだい》の一番上《いちばんうえ》のわたしは、いつだって『しっかりもののおねえちゃん』の役目《やくめ》ばかり押《お》しつけられている。

（べつに、しっかりなんてしてないんだけどな）

さっき転《ころ》がった石《いし》のそばまで歩《ある》いていき、もう一度蹴《いちどけ》ろうとして、足《あし》を止《と》めた。

東校舎《ひがしこうしゃ》にある渡《わた》り廊下《ろうか》を、辻本《つじもと》さんと石崎《いしざき》くんがふたりで歩《ある》いているのが見《み》えた。

（うわ、最悪《さいあく》……！）

わたしは、さっと目《め》をそらした。

なのに、ふたりがおしゃべりしている声《こえ》が、聞《き》きたくないのに、聞《き》こえてしまう。

わたしはぽーんと遠《とお》くまで石《いし》を蹴《け》りとばしてから、足早《あしばや》にその場《ば》から立《た》ち去《さ》った。


(あ〜あ、今日《きょう》はついてない一日《にち》だったなあ)

家《いえ》の前《まえ》で、はあっと息《いき》をつく。

石崎《いしざき》くんと辻本《つじもと》さんがデートしてたってうわさを聞《き》いちゃうし、先輩《せんぱい》たちに、一年《ねん》を注《ちゅう》意《い》しろって言《い》われるし、ダメ押《お》しに、ふたりで歩《ある》く石崎《いしざき》くんと辻本《つじもと》さんを見《み》ちゃったし。

こういうときは、自分《じぶん》の部屋《へや》でお笑《わら》いの動画《どうが》でも見《み》て、元気《げんき》を出《だ》したいところだけど、今日《きょう》は残念《ざんねん》ながら塾《じゅく》の日《ひ》だ。

(英語《えいご》の予習《よしゅう》、まだできていないし、さっさとごはん食《た》べて、早《はや》めに行《い》こうっと)

わたしは気《き》を取《と》りなおして、玄関《げんかん》のドアをあけた。

「ただいまあ」

大《おお》きな声《こえ》でそう言《い》うと、リビングのドアが開《ひら》き、三人《にん》の弟《おとうと》たちが飛《と》びだしてきた。

「おねえちゃん!」

「おかえりなさ〜いっ」

幼稚園年中組《ようちえんねんちゅうぐみ》の双子《ふたご》の弟《おとうと》・アユムとススムが、わたしにまとわりついてくる。

「ちょっと、くっつかないでよ。歩《ある》けないでしょ」

ふたりは、わたしの話《はなし》なんて、聞《き》いちゃいない。わたしにくっついたまま、同時《どうじ》にしゃべりだした。

「あのねえ、おねえちゃん、今日《きょう》ねえ、れいこ先生《せんせい》がねえ」

「ずるいぞ、アユ！　それ、スーが言《い》う話《はなし》！」

そこへ、遅《おく》れてきた小学《しょうがく》二年生《ねんせい》のノゾムまでがわりこんできた。

「おねえちゃーん、おなか減《へ》った。だって今日《きょう》の給食《きゅうしょく》、俺《おれ》のキライなしいたけが入《はい》っててさあ」

「あー、もう、わかったから。とにかくなかに入《い》れてよ」

わたしを取《と》り囲《かこ》んでぎゃあぎゃあさわぎたてる弟《おとうと》たちを引《ひ》き連《つ》れて、廊下《ろうか》を歩《ある》く。

家《いえ》にいる間《あいだ》、わたしはこの三人《にん》の弟《おとうと》たちの面倒《めんどう》ばかりみている。

「ただいまあ」

リビングのドアをあけたけれど、お母《かあ》さんの姿《すがた》がない。足《あし》もとには、アユムたちの幼稚《ようち》園《えん》バッグやノゾムのランドセルが転《ころ》がっている。

「あれ、お母《かあ》さんは？」

わたしが聞《き》くと、ソファのむこう側《がわ》から、お母《かあ》さんがひょこっと顔《かお》を出《だ》した。

「あ、おねえちゃん、おかえり～」

「うわあっ、びっくりした！　そんなとこでなにしてんの」

思《おも》わず、その場《ば》で飛《と》びあがる。

「なんかねえ～、幼稚園《ようちえん》から帰《かえ》ってきて、アユムとススムがどうしてもねんどで遊《あそ》びたいって言《い》うからつきあってたら、散《ち》らかしちゃって」

お母《かあ》さんが指《ゆび》さすほうをのぞきこんで絶句《ぜっく》した。

リビングの床一面《ゆかいちめん》に、色《いろ》とりどりの紙《かみ》ねんどが散乱《さんらん》している。

「え～、なにこれ。いったいどうしたらこんなことになるの？」

「最初《さいしょ》は仲《なか》よく遊《あそ》んでたのよ？　でも、ねんどで作《つく》った怪獣《かいじゅう》で戦《たたか》いごっこが始《はじ》まっちゃって、そこにノゾムも入《はい》ってきてね」

お母《かあ》さんがくすくす笑《わら》いだす。

「そしたら、こんな風《ふう》になっちゃった」

(えー？　もう、なんでそうなるの？)

わたしはすぐに新聞紙《しんぶんし》を広《ひろ》げて、散《ち》らばった紙《かみ》ねんどを集《あつ》めはじめた。

「もう、ここはわたしが片付《かたづ》けるから、お母《かあ》さん、とりあえずごはんの準備《じゅんび》しといてよ。着《き》がえたらすぐ塾《じゅく》に行《い》かなきゃいけないし」

するど、お母《かあ》さんはばつが悪《わる》そうな顔《かお》をした。

「それがねえ、まだごはんの用意《ようい》、できてないの。買《か》い物《もの》にも行《い》けてないし。悪《わる》いけど、途中《とちゅう》でなんか買《か》って、塾《じゅく》で食《た》べてくれる？」

お母《かあ》さんはそう言《い》って、わたしに千円札《せんえんさつ》を差《さ》しだした。

「……また？」

今月《こんげつ》に入《はい》って、もう三回目《かいめ》だ。

啓輝塾《けいきじゅく》には、お弁当《べんとう》を持《も》ち込《こ》んでもいいランチルームがある。

だけど、そこで食《た》べているのはたいてい男子《だんし》ばっかりだ。女子《じょし》で夕飯《ゆうはん》をそこで食《た》べる子《こ》はいない。

コンビニ弁当《べんとう》も好《す》きじゃないのに、正直《しょうじき》、いいかげんにしてほしい。

わたしのお母《かあ》さんは、やさしい人《ひと》だ。

だから、やんちゃな弟《おとうと》たちをしかりつけるのは、いつもわたしとお父《とう》さんの役目《やくめ》。

お母《かあ》さんはぜんぜんおこらない。

そのせいで、公園《こうえん》からなかなか帰《かえ》ってこなかったり、今日《きょう》みたいに弟《おとうと》たちといっしょに遊《あそ》んでしまったりして、家《いえ》の用事《ようじ》ができなかったり、ごはんの用意《ようい》が遅《おく》れたりすることがよくある。

それだけでも困《こま》るのに、お母《かあ》さんには今《いま》、おなかに赤《あか》ちゃんがいる。

やっと最近《さいきん》、つわりがおさまってきたけれど、まだまだ体調《たいちょう》がよくないみたいで、いつも以上《いじょう》に家《いえ》のことができていない。

(ま、しょうがないか……)

わたしはしぶしぶ、お母《かあ》さんから千円札《せんえんさつ》を受《う》けとった。

「ごめんねえ」

お母《かあ》さんが、ぜんぜん反省《はんせい》してなさそうな顔《かお》で、わたしに謝《あやま》る。

わたしは聞《き》こえてないふりで、ひたすら散《ち》らばったねんどをかき集《あつ》めた。

「おねえちゃあん、おなか減《へ》ったあ」

アユムが、甘《あま》えた声《こえ》でわたしのひざにすり寄《よ》ってくる。

「ほら、邪魔《じゃま》しないのっ」

わたしはアユムをひざから下《お》ろして、立《た》ち上《あ》がった。

「あんたたちも、さっさとねんど片付《かたづ》けなさい。じゃないと、晩《ばん》ごはんはねんどだよっ！」

腰《こし》に手《て》をあてて、びしっと指《ゆび》を差《さ》す。

「……えっ」

三人《にん》は、みるみる青《あお》い顔《かお》になって、すぐにねんどを片付《かたづ》けはじめた。

(ブッ、信《しん》じちゃって)

なにかと手《て》のかかる三人組《にんぐみ》だけど、こういうところは、素直《すなお》でカワイイのだ。

「みんな、おねえちゃんの言《い》うことはよく聞《き》くのねえ」

お母《かあ》さんが、ソファに座《すわ》ってのんびりつぶやく。

（んも～～～っ！　それは、お母《かあ》さんが、ちゃんとおこらないからじゃん！）
ホントはそう言《い》いたかったけれど、くちびるをかみしめて、ぐっとこらえた。
お母《かあ》さんは、妊娠中《にんしんちゅう》なんだから、そんなこと、言《い》えない。
「じゃあ、わたし、着《き》がえて塾《じゅく》に行《い》くから」
リビングを出《で》るとき、わざと音《おと》を立《た》ててドアを閉《し》めた。
文句《もんく》が言《い》いたいのに言《い》えないわたしには、そんなことくらいしか、できなかったから。

3 内緒《ないしょ》のキモチ

「ありがとうございましたあ」
塾《じゅく》の近《ちか》くにあるコンビニでお弁当《べんとう》を買《か》い終《お》え、店《みせ》を出《で》た。
（あ〜あ、せっかく早《はや》めに行《い》って予習《よしゅう》しようと思《おも》ってたのに、間《ま》に合《あ》うかなあ）
いつもは、自転車《じてんしゃ》で塾《じゅく》へ行《い》くのに、家《いえ》を出《で》ようと思《おも》ったら、タイヤがパンクしていた。
しかたなく今日《きょう》は歩《ある》いてきたから、大幅《おおはば》に時間《じかん》をロスしてしまった。
ホントに、踏《ふ》んだり蹴《け》ったりの一日《にち》だ。
わたし、なにかに呪《のろ》われてるのかなあ。
（なんだか、むしゃくしゃする！）
ふと足《あし》もとを見《み》ると、空《から》のペットボトルが転《ころ》がっていた。
思《おも》いっきり蹴《け》っとばしてやろうかと思《おも》ったけど、だまってひろいあげ、そばにあったゴミ箱《ばこ》に捨《す》てる。

(とほほ、わたし、なにやってんだろ)

だれも見《み》ていなくても、ついつい、正《ただ》しいことをしてしまう自分《じぶん》の性格《せいかく》が悲《かな》しい。

しかたなく、塾《じゅく》にむかって歩《ある》きだそうとして、足《あし》を止《と》めた。

こっちにむかって、石崎《いしざき》くんが歩《ある》いてくる!

「……あっ」

思《おも》わず声《こえ》を出《だ》してしまったら、うつむいて歩《ある》いていた石崎《いしざき》くんもわたしに気《き》がついた。

「あれ、鳴尾《なるお》さん、もう塾行《じゅくい》くの? 早《はや》いね」

石崎《いしざき》くんは、あのあともずっと辻本《つじもと》さんとおしゃべりしていたのか、まだ学校《がっこう》からの帰《かえ》り道《みち》みたい。部活帰《ぶかつがえ》りの体操服《たいそうふく》のままだ。

「え、ええっと、うん、まあね」

わたしはあわてて手《て》に持《も》っていたコンビニのレジ袋《ぶくろ》を反対側《はんたいがわ》の手《て》に持《も》ちかえた。

石崎《いしざき》くんに、晩《ばん》ごはんがコンビニのお弁当《べんとう》だなんて、思《おも》われたくない!

「……あれ、石崎《いしざき》くん、家《いえ》、こっちのほうだっけ?」

わたしが聞《き》くと、石崎《いしざき》くんはうなずいた。

「うん、俺《おれ》んち、そこ曲《ま》がったとこなの。塾《じゅく》まで歩《ある》いて一分《いっぷん》くらいなんだ」

「へえ、そうなんだ。結構学校《けっこうがっこう》から遠《とお》いんだね」

言《い》いながら、何気《なにげ》なくさわった下《した》くちびるが、カサカサしていた。

そういえば、家《いえ》を出《で》るときに、リップクリームを塗《ぬ》ってくるのを忘《わす》れた。

せっかく石崎《いしざき》くんと話《はなし》ができたのに、ついてなさすぎる……！

「どうかした？」

とつぜん、石崎《いしざき》くんが聞《き》いてきた。

「えっ、なんで？」

ぱっとくちびるから手《て》をはなす。

「なんとなく、元気《げんき》がないように見《み》えるから」

石崎《いしざき》くんが、心配《しんぱい》そうな顔《かお》でわたしを見《み》る。

わたしはその言葉《ことば》に、涙《なみだ》がこぼれそうになった。

今《いま》、そんなこと言《い》われたら、泣《な》けちゃうよ！

わたしはぎゅっとくちびるをかんでから、無理《むり》やり声《こえ》を出《だ》して笑《わら》った。

「あはは。そんなこと、ないよ～」

そう言《い》うと、さっきかくしたコンビニの袋《ふくろ》を持《も》ちあげた。

「さっき家《いえ》に帰《かえ》ったら、お母《かあ》さんが弟《おとうと》たちとねんど遊《あそ》びしてて、『晩《ばん》ごはん作《つく》れなかったから、コンビニで買《か》っといて』とか言《い》われてさあ、それでムカついてただけ。こっちは部《ぶ》活帰《かつがえ》りなのに、いいかげんにしてほしいよ」

顔《かお》をしかめてみせたら、石崎《いしざき》くんは一瞬《いっしゅん》ぽかんとしてから、ぷっとふきだした。

「鳴尾《なるお》さんちのお母《かあ》さん、おもしろいね」

「そうなの。いい年《とし》してなにやってんのって感《かん》じ。あったまきちゃう」

くすくす笑《わら》う石崎《いしざき》くんを見《み》て、複雑《ふくざつ》な気持《きも》ちになる。

(は～、なに笑《わら》いとってるんだろう。こういうとき、弱音《よわね》をはけないとこが、わたしのかわいくないとこなんだよなあ。……ん？)

しょんぼり息《いき》をつこうとしたとき、目《め》のはしにだれかの姿《すがた》がうつった。

大通《おおどお》りの曲《ま》がり角《かど》に、辻本《つじもと》さんがなんだか泣《な》きそうな顔《かお》で立《た》っている。

石崎《いしざき》くんは大通《おおどお》りに背《せ》をむけているから、辻本《つじもと》さんがこっちを見《み》ているのに気《き》がついていないみたいだ。

（なんでこんなところに辻本《つじもと》さんが……！）

たしか、まいまいに聞《き》いた話《はなし》では、辻本《つじもと》さんの家《いえ》は、坂道《さかみち》の途中《とちゅう》にあるマンションのはずなのに。

そこで、わたしはぴんときた。

（……もしかして、さっき、ふたりで帰《かえ》ってるときに、ケンカでもしたのかな）

それで辻本《つじもと》さんは、石崎《いしざき》くんのあとを追《お》いかけてきたのだろう。

そう考《かんが》えると、辻本《つじもと》さんのあの表情《ひょうじょう》も納得《なっとく》がいく。

わたしは、しばらく辻本《つじもと》さんを見《み》てから、すっと視線《しせん》をそらした。

ホントは、ここで石崎《いしざき》くんに、『あそこに辻本《つじもと》さんがいるよ』って教《おし》えてあげたほうがいいんだろうってことはわかってる。

でも、ケンカしたとしても、辻本《つじもと》さんは石崎《いしざき》くんの彼女《かのじょ》だ。

その事実《じじつ》に変《か》わりはない。

「……どうかした？」

石崎《いしざき》くんが、不思議《ふしぎ》そうな顔《かお》で首《くび》をかしげる。

「ううん、なんでもない。あ、石崎《いしざき》くん、まだ家《いえ》に帰《かえ》ってないのに、急《いそ》がないと、塾《じゅく》、遅《おく》れるよ。ほら、行《い》こう」

わたしが言《い》うと、

「やば。俺《おれ》、メシ食《く》う時間《じかん》あるかなあ」

石崎《いしざき》くんもわたしのとなりにならんで歩《ある》きだした。

背中《せなか》に、痛《いた》いくらい辻本《つじもと》さんの視線《しせん》を感《かん》じる。

(これくらいのいじわる、いいよね)

だって二人《ふたり》きりで話《はな》せることなんてわたしにはないんだもん。

ほんの数《すう》メートルだけいっしょに歩《ある》いて、塾《じゅく》の手前《てまえ》で、石崎《いしざき》くんが立《た》ちどまった。

「じゃあ、俺《おれ》んちこっちだし」

そう言《い》って手《て》をあげたとき、うしろからだれかの足音《あしおと》がした。

ふりかえると、そこには制服姿《せいふくすがた》の諒太《りょうた》が立《た》っていた。

「あ〜〜っ！　なんだよ、鳴尾《なるお》。なんで、俺以外《おれいがい》の男《おとこ》と歩《ある》いてるわけえ？」

諒太《りょうた》が、大声《おおごえ》でそう言《い》って、わたしと石崎《いしざき》くんを交互《こうご》に指《ゆび》さす。

「なっ……、なに言《い》ってんのよっ！　ばかっ」

思《おも》わず言《い》いかえしたものの、かあっと顔《かお》が熱《あつ》くなったのがわかった。

やばい。

ここで顔《かお》が赤《あか》くなったら、わたしが石崎《いしざき》くんを好《す》きだってこと、ばれちゃう……！

すると、石崎《いしざき》くんがにこっと諒太《りょうた》に笑《わら》いかけた。

「そんなんじゃないよ。鳴尾《なるお》さんとは、偶然《ぐうぜん》、そこのコンビニの前《まえ》で会《あ》っただけだから」

「あ、そうなんだ」

諒太《りょうた》が、拍子抜《ひょうしぬ》けしたように口《くち》をすぼめる。

石崎《いしざき》くんは、満足《まんぞく》そうにうなずくと、

「じゃ、また塾《じゅく》でね」

足早《あしばや》に去《さ》っていった。

遠《とお》ざかっていく背中《せなか》を見《み》つめて、くちびるをかむ。

（……そりゃ、そうだよね）

石崎《いしざき》くんにとったら、わたしはただのクラスメイト。

道《みち》で偶然《ぐうぜん》会《あ》ったから、話《はなし》をしただけ。

それ以上《いじょう》なにかあるわけなんてない。

なのに、わたしひとり、なに赤《あか》くなってるんだろ。

ばっかみたい。

そう思《おも》ったら、鼻《はな》の奥《おく》がツンとした。

「あのさあ、鳴尾《なるお》」

諒太《りょうた》がしゃべりかけてきたけど、わたしはそれをさえぎった。

「ごめん、諒太《りょうた》。わたし、まだごはん食《た》べてないんだ」

右手《みぎて》に持《も》っていたコンビニの袋《ふくろ》を持《も》ちあげる。

「これ、ランチルームで食《た》べるから、悪《わる》いけど先行《さきい》くね」

早口《はやくち》でそう言《い》うと、その場《ば》に諒太《りょうた》を残《のこ》して、足早《あしばや》に塾《じゅく》へむかった。

「今日《きょう》の授業《じゅぎょう》は、これで終《お》わります」

先生《せんせい》がそう言《い》ったと同時《どうじ》に、わたしはイスから立《た》ち上《あ》がった。

ピッ
塾生《じゅくせい》カードをカードリーダーに読《よ》ませてから、ドアを押《お》した。

自転車《じてんしゃ》で帰《かえ》る子《こ》、親《おや》がむかえにくる子《こ》、駅《えき》から電車《でんしゃ》で帰《かえ》る子《こ》。

塾《じゅく》の前《まえ》はたくさんの塾生《じゅくせい》たちでごった返《がえ》している。

その人《ひと》ごみのなかに、ひときわ背《せ》の高《たか》い石崎《いしざき》くんの姿《すがた》が見《み》えた。

足早《あしばや》に塾生《じゅくせい》たちの輪《わ》からはずれて、自分《じぶん》の家《いえ》のある方向《ほうこう》へと歩《ある》いていく。わたしが見《み》ていることになんて、気《き》がつきもせずに。

わたしは肩《かた》にかけたかばんを持《も》ちなおすと、大通《おおどお》りにむかってひとりで歩《ある》きだした。

(あ〜あ、今日《きょう》はホント、サイテーな一日《にち》だったなあ)

空《そら》を見上《みあ》げたら、分厚《ぶあつ》い雲《くも》が広《ひろ》がっていて、星《ほし》ひとつ見《み》えない。

なんだか天《てん》にまで見放《みはな》されてしまったような気持《きも》ちだ。

しばらくぼうっと空《そら》を見上《みあ》げていたら、

リリン
うしろから、自転車《じてんしゃ》のベルがなった。

ふりかえると、マウンテンバイクにまたがった諒太《りょうた》が、「よっ」と片手《かたて》をあげた。

「いっしょに帰《かえ》ろ！」

真《ま》っ白《しろ》な歯《は》を見《み》せて、顔《かお》いっぱいで笑《わら》っている。

わたしはその顔《かお》をじっと見《み》てから、きっぱり首《くび》を横《よこ》にふった。

「いい」

そのまま、諒太《りょうた》を置《お》いてさっさと歩《ある》きだす。

「……え！　ちょ、なんで？　どうせ帰《かえ》り道《みち》、いっしょじゃん！　家《いえ》の前《まえ》まで送《おく》るから。待《ま》てってば」

あわてて諒太《りょうた》が追《お》いかけてくる。

「やだよ。近所《きんじょ》の人《ひと》に見《み》られて、『男《おとこ》の子《こ》といっしょに歩《ある》いてた』とか親《おや》に言《い》われたらいやだし」

「でも、ほら、俺《おれ》、自転車《じてんしゃ》だから、いっしょに歩《ある》いてることになんないじゃん」

諒太《りょうた》が変《へん》な言《い》い訳《わけ》をしてくる。

「自転車《じてんしゃ》とか関係《かんけい》ないし！　とにかくいっしょにいたら、変《へん》に思《おも》われるでしょ。それにわたし、諒太《りょうた》と話《はなし》すること、なんにもないから」

まっすぐ前《まえ》をむいて歩《ある》きながら言《い》うと、諒太《りょうた》は足《あし》で地面《じめん》を蹴《け》ってわたしの横《よこ》にならんできた。

「えー、そうなの？　俺《おれ》は鳴尾《なるお》と話《はな》したいこととか、あと、聞《き》きたいこととか、いっぱいあるんだけどな～」

それでも無視《むし》して歩《ある》いていたら、諒太《りょうた》がぼそっと最後《さいご》につけくわえた。

「……例《たと》えば、さっきのやつのこととか」

わたしは足《あし》を止《と》めて、諒太《りょうた》のほうへふりかえった。

ポニーテールのさきっぽが、ぴしりとわたしのほおを打《う》つ。

「は？　どういうこと？　『さっきのやつ』ってなに？」

言《い》いながら、声《こえ》がふるえそうになる。

もしかして、諒太《りょうた》にわたしの気持《きも》ち、気《き》づかれちゃったわけ？

片思《かたおも》いしてるってこと、だれにも言《い》っていないのに……！

すると諒太《りょうた》は、いつものひまわりみたいな笑顔《えがお》をひっこめて、わたしを見《み》つめて言《い》った。

「おまえ、あいつのこと、好《す》きなんだろ？」

「なっ……」

すぐにちがうって言《い》わなきゃ。

そう思《おも》うのに、諒太《りょうた》の瞳《ひとみ》から逃《のが》れられない。舌《した》がもつれて、言葉《ことば》がつまる。

「な、なに言《い》ってんのよ。そんなわけ、ないでしょ。石崎《いしざき》くんは、ただのクラスメイトなんだから」

かわいたくちびるを素早《すばや》くなめてから、早口《はやくち》でそう言《い》うと、諒太《りょうた》はますますうたがわしそうな顔《かお》でわたしを見《み》た。

「ふーん。あいつ、中学《ちゅうがく》で鳴尾《なるお》と同《おな》じクラスなんだ。それでかあ」

「『それでかあ』って、なによ」

どきどきしながらわたしが聞《き》きかえすと、諒太《りょうた》はマウンテンバイクにまたがったまま、わたしの顔《かお》を指《ゆび》さした。

「それで、あいつのこと、好《す》きになっちゃったんだろ？」

わたしは諒太《りょうた》の指先《ゆびさき》から逃《に》げるように、顔《かお》をそむけた。

「なっ、なんでそうなるのよ」

それでも諒太《りょうた》はひるまない。

「だってあのとき、おまえ思《おも》いっきり、『やばい』って顔《かお》、してたじゃん」

「してないし！」

声《こえ》を荒《あら》らげて言《い》いかえすと、諒太《りょうた》はさめた目《め》つきでわたしを見《み》た。

「ほ～ら、めっちゃムキになってる」

「ムキになんて、なってない！」

「なってるって。その証拠《しょうこ》に、おまえのでっかい声《こえ》で、まわり歩《ある》いている人《ひと》、み～んなこっち見《み》てるじゃん」

諒太《りょうた》に言《い》われて、はっとまわりを見《み》る。

ここは駅前通《えきまえどお》りから続《つづ》く、大通《おおどお》りの歩道《ほどう》。

駅《えき》から歩《ある》いてきた人《ひと》たちが、言《い》い合《あ》いをしているわたしたちを、ちらちらふりかえりながら、通《とお》りすぎていく。

「んもう！　諒太《りょうた》が変《へん》なこと言《い》ってくるからでしょ」

声《こえ》を落《お》として文句《もんく》を言《い》うと、諒太《りょうた》は悪《わる》びれた様子《ようす》もなく続《つづ》けた。

「なんにも変《へん》なことなんて言《い》ってないじゃん。あいつのこと、好《す》きなのかなあって思《おも》ったから聞《き》いただけ。ひとりで勝手《かって》にさわいでるのは、鳴尾《なるお》のほうだろ」

すました顔《かお》で、首《くび》をかしげる。

（ムカーッ！）

図星《ずぼし》なだけに、ムカつき倍増《ばいぞう》だ。

（落《お》ちつけ、若葉《わかば》。ここでさわげばさわぐほど、諒太《りょうた》の思《おも》うつぼだ）

そう思《おも》うのに、イライラする気持《きも》ちは止《と》まらない。

「だいたいねえ、石崎《いしざき》くんには彼女《かのじょ》がいるんだから」

言《い》いながら、胸《むね》がずきんと痛《いた》む。

そうだよ。

だから、だれにも言《い》えないんだ。

石崎《いしざき》くんが、好《す》きなんだって。

「ふうん、あいつ、彼女《かのじょ》いるんだ。ま、カッコいいもんな。俺《おれ》ほどじゃないけど」

（またそんなこと言《い》って！）

そう思《おも》ったけど、よけいなツッコミはせずに、聞《き》き流《なが》す。

「そうだよ。だから、わたしが石崎《いしざき》くんのこと、好《す》きなわけないじゃん」

わたしの言葉《ことば》が、大通《おおどお》りを行《い》きかう車《くるま》のエンジン音《おん》にかき消《け》されていく。

言《い》いおえて、わたしはきゅっと自分《じぶん》のくちびるをかみしめた。

立《た》ちどまるわたしたちの横《よこ》を、仕事帰《しごとがえ》りのサラリーマンが、せわしなく追《お》いこしていく。

「……じゃあ、なんでそんな顔《かお》してんの？」

ふいに顔《かお》をあげた諒太《りょうた》が、まっすぐわたしの顔《かお》を見《み》つめた。

「えっ」

おどろいて聞《き》きかえしたけど、諒太《りょうた》はわたしの瞳《ひとみ》をとらえたまま、まばたきもしない。

「自分《じぶん》の気持《きも》ちに、ウソつくなよ。おまえ、あいつのこと、まだ好《す》きなんだろ」

「なっ、なんでそんな……」

「わかるんだよ、俺《おれ》には。おまえが、がまんばっかりしてること」

いつもみたいに、そこで笑《わら》おうとしたけど、無理《むり》だった。

大通《おおどお》りを行《い》きかう車《くるま》のヘッドライトに照《て》らされた諒太《りょうた》の顔《かお》がにじんだかと思《おも》うと、ほおを熱《あつ》いものがすべりおちた。

泣《な》いちゃだめだ。

そう思《おも》うのに、次《つぎ》から次《つぎ》へと涙《なみだ》があふれてきて、とめられない。

諒太《りょうた》は、制服《せいふく》のポケットをあちこちさぐったあと、肩《かた》にかけたリュックからタオルを取《と》りだした。

「ほら」

わたしは差《さ》しだされたタオルを受《う》けとって、顔《かお》に押《お》しあてた。

甘《あま》い柔軟剤《じゅうなんざい》の香《かお》りが、ふわっと立《た》ちのぼる。

「歩《ある》ける？」

諒太《りょうた》に聞《き》かれて、わたしはだまってうなずいた。

「ちょっと、そこの公園《こうえん》に行《い》こう」

そう言《い》うと、マウンテンバイクを押《お》して歩《ある》きだした。

わたしは顔《かお》にタオルを押《お》しあてたまま、ぐずぐずと鼻《はな》をすすりながら、諒太《りょうた》のあとについていった。

4 レモンソーダとミルクティー

交差点《こうさてん》の手前《てまえ》で、諒太《りょうた》は一度《ど》ふりかえると、つつじ台公園《だいこうえん》へと入《はい》っていった。

一瞬《いっしゅん》ためらったけど、わたしもそのあとに続《つづ》く。

諒太《りょうた》はベンチの横《よこ》にマウンテンバイクを停《と》めると、わたしのほうへふりかえった。

「ほら、そこ、座《すわ》れよ」

そう言《い》われたとたん、一度《ど》ひっこんだはずの涙《なみだ》が、またこみあげてきた。

大《おお》きく首《くび》を横《よこ》にふって、しゃくりあげながらしばらくの間《あいだ》、泣《な》き続《つづ》けた。

自分《じぶん》でも、どうしてこんなに涙《なみだ》が出《で》てくるのかがわからない。

だけど、涙《なみだ》はあとからあとからあふれてくる。

小学校《しょうがっこう》の卒業式《そつぎょうしき》でも、みんなが大泣《おおな》きしたって言《い》うドラマの最終回《さいしゅうかい》を観《み》ても、わたしは泣《な》かなかった。

友《とも》だちの前《まえ》でも、家族《かぞく》の前《まえ》でも、泣《な》き顔《がお》なんて見《み》せたことなかったのに。


どれくらい、そうしていただろう？

あれだけ止《と》まらなかった涙《なみだ》も、ようやくひっこんできた。

目《め》に押《お》しつけたタオルから顔《かお》をあげると、諒太《りょうた》がわたしの顔《かお》をのぞきこんできた。

「落《お》ちついた？」

泣《な》きはらした顔《かお》を見《み》られるのがいやで、わたしはまたタオルを目《め》に押《お》しつけて、大《おお》きく首《くび》を横《よこ》にふった。そのまま、ベンチに座《すわ》りこむ。

すると、すぐそばで、はあっと大《おお》きく息《いき》をはく音《おと》が聞《き》こえたかと思《おも》うと、
ザッ　ザッ　ザッ
諒太《りょうた》の足音《あしおと》が遠《とお》ざかっていった。

（……えっ？）

もしかして、わたしがずっと泣《な》きっぱなしなのにあきれて、帰《かえ》っちゃったとか⁇

急《きゅう》に不安《ふあん》になって、おそるおそるタオルから顔《かお》をあげようとしたら……。

「ひゃっ！」

首《くび》のうしろに、なにか冷《つめ》たいものがあたり、わたしはベンチから立《た》ち上《あ》がった。

「な、なに？　今《いま》の」

タオルから顔《かお》をあげてうしろをふりかえったら、諒《りょう》太《た》がにたっと笑《わら》って、両手《りょうて》に持《も》ったペットボトルを差《さ》しだした。

「レモンソーダとミルクティー、どっちがいい？」

（……なんだ、自販機《じはんき》にこれを買《か》いに行《い》ってたんだ！）

「んもう、なにすんのよー！　心臓止《しんぞうと》まるかと思《おも》った！」

わたしが文句《もんく》を言《い》うと、

「あ、大丈夫《だいじょうぶ》。そしたら俺《おれ》が、人工呼吸《じんこうこきゅう》で生《い》き返《かえ》らせるから」

諒《りょう》太《た》はそう言《い》って、むちゅーっとくちびるをつきだす。

「ばかっ！　そんなことしたら、セクハラでうったえてやる」

わたしがげんこつをふりあげたら、

「あ、元気《げんき》になった」

諒太《りょうた》はもう一度《いちど》にやっと笑《わら》ってから、ほらとまたペットボトルを差《さ》しだした。

わたしは、ふりあげたげんこつをゆっくり下《お》ろし、

「……ありがと」

諒太《りょうた》の手《て》から、冷《ひ》えたレモンソーダを受《う》けとった。


ペットボトルのふたを回《まわ》すと、プシュッと勢《いきお》いのいい音《おと》がした。

ごくりと飲《の》み込《こ》むと、爽《さわ》やかなレモン味《あじ》がのどをうるおしていく。

(おいしい……)

手《て》のなかにあるレモンソーダを見《み》つめると、ベンチの横《よこ》にある街灯《がいとう》に照《て》らされ、ソーダの泡《あわ》がきらきらと反射《はんしゃ》した。

「あのさ」

わたしが言《い》うと、となりに座《すわ》った諒太《りょうた》は、「ん?」と首《くび》をかしげた。

「……なんで、わかったの? わたしが、その……石崎《いしざき》くんが好《す》きってこと」

もごもごと口《くち》のなかでつぶやくと、諒太《りょうた》はあきれ顔《がお》でわたしを見《み》た。

「そんなの、すぐわかるに決《き》まってんだろ。バレバレだって」

「ウソ！　マジで？」

さーっと顔《かお》から血《ち》の気《け》が引《ひ》く。

だれにも言《い》えないと思《おも》って、ずっと秘密《ひみつ》にしてきたつもりなのに、実《じつ》は態度《たいど》でバレてたなんて、まぬけすぎる！

「ね、ねえ、みんなにもバレてるかな？　石崎《いしざき》くんにも知《し》られちゃってたらどうしよう？」

真剣《しんけん》に相談《そうだん》したのに、諒太《りょうた》はしばらくだまったあと、ぷーっとふきだした。

「大丈夫《だいじょうぶ》だって。だれも気《き》づいてねえよ。鳴尾《なるお》の気《き》持《も》ちに気《き》づいたの、多分《たぶん》俺《おれ》だけだし」

「えっ、ホント？　よかったあ～」

わたしは心底《しんそこ》ほっとして、もう一度《いちど》レモンソーダをぐびりと飲《の》んだ。

学校《がっこう》の友《とも》だちはもちろん、塾《じゅく》の子《こ》たち、そしてなにより石崎《いしざき》くんにわたしの気《き》持《も》ちを知《し》られてたとしたら、はずかしくてもう学校《がっこう》にも塾《じゅく》にも行《い》けなくなる。

「でもさ、諒太《りょうた》って、なーんにも考《かんが》えてなさそうで、案外勘《あんがいかん》がいいんだね。わたし、だれにも知《し》られないようにってずっと自分《じぶん》の気《き》持《も》ち、かくしてたんだよ？」

わたしの言葉《ことば》に、諒太《りょうた》があったりまえだろと、胸《むね》を張《は》る。

「俺《おれ》、どんだけ鳴尾《なるお》のことが好《す》きだと思《おも》ってんの？　四六時中《しろくじちゅう》見《み》てるから、もう鳴尾《なるお》が心《こころ》のなかでなにを考《かんが》えてるのか、聞《き》かなくてもぜんぶわかるようになっちゃった」

わたしはまゆをひそめて、諒太《りょうた》をまじまじと見《み》た。

「……なにそれ。ストーカーみたいでキモイんですけど」

「だよなー。俺《おれ》もわれながらキモイなって思《おも》うもん」

ふたりで、顔《かお》を見合《みあ》わせてから、あははと笑《わら》う。

「あ、でも、誤解《ごかい》しないでね。さっきも言《い》ったけど、石崎《いしざき》くんには彼女《かのじょ》がいるんだから、わたし、もうあきらめてるんだ。べつに横取《よこど》りしようなんて思《おも》ってないし。そこはまちがえないで」

わたしがきっぱりそう言《い》うと、諒太《りょうた》は急《きゅう》に真面目《まじめ》な顔《かお》になった。

「なんであきらめんだよ」

「……えっ？」

びっくりして聞《き》きかえす。

「だって、今《いま》、言《い》ったでしょ？　石崎《いしざき》くんには彼女《かのじょ》が……」

「それはそれだろ」

諒太《りょうた》が、わたしの言葉《ことば》をさえぎる。

「べつにあいつに彼女《かのじょ》がいても、好《す》きだって気持《きも》ちを無理《むり》にあきらめなくてもいいじゃん」

「……だって」

わたしはきゅっとくちびるをかみしめた。

だって石崎《いしざき》くんと辻本《つじもと》さんは両想《りょうおも》い同士《どうし》なのに、わたしがしつこく石崎《いしざき》くんのことを思《おも》ってたって、しょうがないし。

そう思《おも》っていたら、

「ほら、その顔《かお》」

諒太《りょうた》が、わたしのほっぺたをいきなりぷにっとつまんだ。

「おまえさー、自分《じぶん》で気《き》がついてないのかもしんないけど、いっつもがまんしてるとき、そうやってくちびるかみしめてるだろ」

「えっ」

わたしはあわてて自分《じぶん》のくちびるをさわった。

指《ゆび》に、がさがさに荒《あ》れた感触《かんしょく》が伝《つた》わる。

「そんなに、がまんばっかり、しなくていいんだって」

その言葉《ことば》に、わたしは諒太《りょうた》にほっぺたをつままれたまま、また涙《なみだ》がこみあげてきた。

『しっかりしてる』

『頼《たよ》りになる』

『さすがはおねえちゃん』

小《ちい》さいときから、わたしはずっとそう言《い》われ続《つづ》けてきた。

だからわたしは、しっかりしなきゃいけないんだって自分《じぶん》に言《い》い聞《き》かせてきた。

頼《たよ》りにされてるんだから、断《ことわ》っちゃいけない。

おねえちゃんなんだから、がまんしなきゃダメなんだって。

だけどホントのわたしは、ぜんぜんしっかりなんてしていない。

いつも平気《へいき》そうな顔《かお》をして引《ひ》き受《う》けても、心《こころ》のなかでは、できるかどうか不安《ふあん》でいっぱいだった。

まわりから見《み》られる自分《じぶん》とホントの自分《じぶん》のちがいに、いつもしんどいなって思《おも》ってた。

こんな気持《きも》ち、だれにも言《い》ったことなんて、ないんだけど。

「……諒太《りょうた》は、どうしてそんなにわたしの気持《きも》ちがわかるの？」

声《こえ》がふるえないように気《き》をつけて、そう聞《き》くと、諒太《りょうた》はわたしのほっぺたからゆっくり手《て》をはなした。

「わかるんだよ。……だって、俺《おれ》もいっしょだもん」

「諒太《りょうた》が？」

いっつもひょうひょうとしていて、悩《なや》みなんてなーんにもなさそうなのに。

びっくりして聞《き》きかえしたら、

「なーんてな」

諒太《りょうた》はおどけたように目《め》をぐるんと回《まわ》した。

「あ、ほら、またくちびるかんでる。がまんすんなよ。泣《な》いていいんだって」

そう言《い》うと、諒太《りょうた》はぽんぽんとわたしの頭《あたま》を二度《ど》たたいた。

まるで、小《ちい》さい子《こ》の頭《あたま》をなでるように、やさしく。

その手《て》の感触《かんしょく》に、また涙《なみだ》がこみあげる。

「……子《こ》どもあつかいしないでよ。諒《りょう》太《た》のくせに」

わたしは泣《な》き顔《がお》を見《み》られないように、タオルで鼻《はな》を押《お》さえて、ぷいっと諒《りょう》太《た》に背中《せなか》をむけた。

まるで、こわれた蛇口《じゃぐち》みたい。あとからあとから涙《なみだ》が伝《つた》う。

「なんだよ、『諒《りょう》太《た》のくせに』って！」

だれもいない公園《こうえん》に、諒《りょう》太《た》の笑《わら》い声《ごえ》がひびく。

わたしはその声《こえ》を聞《き》きながら、少《すこ》しぬるくなったレモンソーダをくいっと一気《いっき》に飲《の》み干《ほ》した。

「……あ」

そのままの姿勢《しせい》で、空《そら》を見《み》つめる。

さっきまで分厚《ぶあつ》い雲《くも》におおわれていた空《そら》に、小《ちい》さな星《ほし》が瞬《またた》いていた。

5 帰《かえ》り道《みち》

あの日《ひ》、諒太《りょうた》にわたしの泣《な》き顔《がお》を見《み》られてから、塾《じゅく》の帰《かえ》りは、なんとなく諒太《りょうた》といっしょに帰《かえ》るようになった。

今《いま》までだって帰《かえ》る方向《ほうこう》が同《おな》じだったから、帰《かえ》り道《みち》がいっしょになることはあったけど、いつもってわけではなかったし。

授業《じゅぎょう》が終《お》わって外《そと》へ出《で》ると、駐輪場《ちゅうりんじょう》の前《まえ》で、マウンテンバイクにまたがった諒太《りょうた》が、当《とう》然《ぜん》のようにわたしのことを待《ま》っている。

電車通学《でんしゃつうがく》の諒太《りょうた》は、先生《せんせい》に頼《たの》んで、いつも塾《じゅく》の駐輪場《ちゅうりんじょう》にマウンテンバイクを停《と》めさせてもらってるんだそうだ。

自転車《じてんしゃ》でならんで走《はし》ると、ほかの人《ひと》に迷惑《めいわく》だから、帰《かえ》りはおたがい自転車《じてんしゃ》を押《お》して歩《ある》いて帰《かえ》っている。

最初《さいしょ》の頃《ころ》は、いちおう男子《だんし》である諒太《りょうた》とふたりで帰《かえ》るって、なんだかなあって思《おも》ってたんだけど、べつにわたしたち、つきあってるわけじゃないし。同《おな》じ塾生《じゅくせい》の広瀬《ひろせ》たちはいつも塾《じゅく》の後《あと》コンビニに寄《よ》り道《みち》したりして、ほかに同《おな》じ方角《ほうがく》の子《こ》たちがいないんだから、まあ、いいかなって。

「あっ、そうだ。これ、はい。ありがと」

塾《じゅく》の帰《かえ》り道《みち》、信号待《しんごうま》ちをしているときに、わたしがこの間借《あいだか》りたタオルを差《さ》しだすと、諒太《りょうた》はあきらかにがっかりした顔《かお》をした。

「えー、これだけ？　しかも、むきだしで？」

タオルを受《う》けとり、口《くち》をとがらせる。

「これだけって、なによ」

「なんかさー、お礼《れい》に手作《てづく》りのクッキーとか、きゃわゆいお菓子《かし》とか、そういうの、ないのかなあと思《おも》って」

「地球《ちきゅう》が爆発《ばくはつ》してもないよ、そんなの」

ぷいっと諒太《りょうた》から顔《かお》をそむける。

（……やっぱ、わたせばよかったかな）

いちおう、わたしだって、なにかお礼《れい》をつけたほうがいいかなとは思《おも》っていた。

タオルだって、ホントは一度《ど》かわいい袋《ふくろ》に入《い》れてたんだけど、塾《じゅく》へ行《い》く直前《ちょくぜん》に急《きゅう》に気《き》はずかしくなってやめたのだ。

だって、諒太《りょうた》とわたしは、そういう関係《かんけい》じゃない。

変《へん》にわたしらしくないことをして、誤解《ごかい》されたら困《こま》るし。

「ま、いいや。そういうとこが、鳴尾《なるお》っぽいし」

諒太《りょうた》はそう言《い》うと、タオルにばふっと顔《かお》をうずめ、くんくん鼻《はな》を鳴《な》らしてにおいをかぎはじめた。

「あー、鳴尾《なるお》のにおいがするー」

「げっ、やめてよ。なんか、変態《へんたい》っぽい」

「あれ、知《し》らなかった？　俺《おれ》、変態《へんたい》だし」

タオルから顔《かお》をあげて、諒太《りょうた》がぐふふと笑《わら》う。

（……諒太《りょうた》って、やっぱ変《へん》）

わたしはさめた目《め》で諒太《りょうた》を見《み》てから、続《つづ》けた。

「それよりさあ、今日《きょう》、結構宿題出《けっこうしゅくだいで》たよね。学校《がっこう》の宿題《しゅくだい》もあるし、予習《よしゅう》もあるのに、こんなにたくさん出《だ》されても、やる時間《じかん》ぜんぜんないよ」

すると、諒太《りょうた》がおおげさに目《め》をむいた。

「えっ、マジで？　あんなのすぐじゃん。俺《おれ》、楽勝《らくしょう》」

わたしはむっとして言《い》いかえした。

「そりゃあ諒太《りょうた》は部活《ぶかつ》に入《はい》ってないから楽勝《らくしょう》なんだろうけど、わたしは毎日部活《まいにちぶかつ》あるんだからねっ。帰宅部《きたくぶ》にえらそうなこと言《い》われたくないし」

すると、諒太《りょうた》はすぐに機嫌《きげん》を取《と》るように猫《ねこ》なで声《ごえ》を出《だ》した。

「おこんなよ、冗談《じょうだん》だろ。……あ、よかったら答《こた》え、見《み》せてやろっか？　鳴尾《なるお》が俺《おれ》にアドレスさえ教《おし》えてくれたら、すぐ送《おく》ってやんぜ？」

諒太《りょうた》が、制服《せいふく》のポケットからスマホを出《だ》してにやりと笑《わら》う。

「けっこうです！　っていうか、宿題《しゅくだい》なのに人《ひと》に教《おし》えてもらったら、自分《じぶん》の勉強《べんきょう》にならないじゃん」

わたしの言葉《ことば》に、諒太《りょうた》は「ですよね」とおどけたように笑《わら》ってスマホをポケットにもどした。

（……あれっ、もっとしつこく聞《き》いてくるかと思《おも》ったのに）

もちろん、聞《き》かれたら困《こま》るんだけど、あまりにあっさりあきらめられると、ちょっと肩《かた》すかしをくったような気持《きも》ちになる。

「ところでさ、諒太《りょうた》って、なんで部活《ぶかつ》、入《はい》らなかったの？　小学校《しょうがっこう》のとき、ずうっと競泳《きょうえい》してたんだから、水泳部《すいえいぶ》にでも入《はい》るのかと思《おも》ってた」

気《き》を取《と》りなおしてそう聞《き》いたら、諒太《りょうた》はさっと視線《しせん》をそらした。

「だって、だりいじゃん、部活《ぶかつ》って。上下関係《じょうげかんけい》とか面倒《めんどう》だしさ。そんなの、やりたいやつがやればって感《かん》じ」

「なに、その軟弱《なんじゃく》な理由《りゆう》。……じゃあ、せめてスクールで競泳《きょうえい》は続《つづ》ければよかったのに。あんなに期待《きたい》されてたんだから」

すると、諒太《りょうた》は興味《きょうみ》のなさそうな顔《かお》で、

「もういいんだって。泳《およ》ぐの、あきちゃったし」

そう言《い》って、タオルをリュックに押《お》しこんだ。

（……まったく、いいかげんなんだから！）

そんな理由《りゆう》で、ずっと続《つづ》けていた競泳《きょうえい》をやめるなんて、信《しん》じらんない。

「でもまあ、部活《ぶかつ》が面倒《めんどう》っていうのは、当《あ》たってるかもね。うちの部《ぶ》も、結構《けっこう》もめごとが多《おお》くてさあ」

言《い》いながら、わたしは今日《きょう》の放課後《ほうかご》のことを思《おも》いだしていた。

いつもいっしょにいるあずみと夏月《なつき》がめずらしくケンカをしたようで、部活中《ぶかつちゅう》、一言《ひとこと》も話《はなし》をしなかった。

それがいつの間《ま》にか一年《ねん》のなかで広《ひろ》がり、あずみ派《は》と夏月派《なつきは》に分《わ》かれてしまったみたいで、わたし以外《いがい》のみんなが、ぱかっとふたつに分裂《ぶんれつ》してしまったのだ。

部活後《ぶかつご》、急《きゅう》きょ先輩《せんぱい》から呼《よ》び出《だ》され、わたしが中心《ちゅうしん》になって話《はな》し合《あ》いをするようにって言《い》われた。

それでちょっとだけ一年《ねん》でミーティングをしたんだけど、結局解決《けっきょくかいけつ》はしなかった。

あずみは言《い》いたいことを言《い》ってたけど、夏月《なつき》はずっとだまりこんでいたから、話《はな》し合《あ》いにならなかったのだ。

そういえば、最近《さいきん》の夏月《なつき》は、どこか様子《ようす》がおかしかった。ずっとなにか悩《なや》んでるみたいだったし。

帰《かえ》り道《みち》、『悩《なや》んでることがあるなら、聞《き》くよ』って声《こえ》をかけたんだけど、すぐさま夏月《なつき》に言《い》われた。

『言《い》ったって、なるたんには、どうせわたしの気持《きも》ちなんて、わかんないよ』って。

なにそれ。

わかんないから、聞《き》いたんじゃない！

だいたい、なんで関係《かんけい》ないわたしが、夏月《なつき》にそんなこと言《い》われなきゃいけないの？

部活《ぶかつ》って、ホントつかれる。

つい、そんな風《ふう》に諒太《りょうた》にグチってしまったら、諒太《りょうた》は「うーん、まあな～」と頭《あたま》をかいて空《そら》を見上《みあ》げた。

「多分《たぶん》さ、その子《こ》、鳴尾《なるお》にあこがれてるんだよ」

わたしは諒太《りょうた》の答《こた》えにおどろいて、ひょっとこみたいに口《くち》をつきだした。

「はっ？　なんで？　夏月《なつき》は、わたしに食《く》ってかかってきたんだよ？　そんなわけ、ないないじゃない」

あきれて言《い》うと、諒太《りょうた》はううんと首《くび》をふった。

「その子《こ》がおこってるのは、鳴尾《なるお》に対《たい》してじゃなくて、自分自身《じぶんじしん》にだと思《おも》うな。言《い》いたいことが言《い》えなくてさ、それでイラついてるんだと思《おも》う」

「どういう意味《いみ》？」

わけがわからず聞《き》きかえす。

「だからさ、多分《たぶん》、その子《こ》にとって、鳴尾《なるお》は、『こうなりたいな』って思《おも》う理想《りそう》の人《ひと》なんだよ。ほら、鳴尾《なるお》って、しゃんと背筋《せすじ》伸《の》ばして、自分《じぶん》の信念《しんねん》持《も》ってるってタイプじゃん」

（……背筋《せすじ》伸《の》ばして？）

頭《あたま》のなかで考《かんが》える。

それって、背《せ》が高《たか》いからそう見《み》えるだけじゃないのかな。

「……そうかな？　あんまり意識《いしき》したことないけど」

「そうなんだって。鳴尾《なるお》は、『だれかといっしょじゃなきゃいや〜』とかいう女子《じょし》じゃないだろ？」

諒太《りょうた》が女子《じょし》みたいな声《こえ》で、首《くび》をいやいやするポーズをする。

わたしはふきだしてうなずいた。

「うん、まあ、それはそうだけど」

「そういうのって、できない人間《にんげん》にとってはめっちゃハードル高《たか》いんだって。で、その鳴《なる》尾《お》に『悩《なや》んでることがあるなら〜』なんて言《い》われたからさ、つい、そんな風《ふう》に言《い》っちゃったんじゃない？『そりゃあ、美人《びじん》でなんでもできる若葉《わかば》ちゃんにはどうってことないのかもしれないけど、ワタシにはムズカシイのよッ』って」

諒太《りょうた》が、またどこのだれかわからない女子《じょし》の物《もの》まねをする。

「だれよ、それ」

くすくす笑《わら》ってそう言《い》うと、諒太《りょうた》は目《め》を細《ほそ》めた。

「その子《こ》には、その子《こ》なりの思《おも》いがあるんだよ」

「……へっ？」

なに、その妙《みょう》に説得力《せっとくりょく》のある説明《せつめい》。

だけど、そんな風《ふう》に言《い》われたら、そうなのかもって思《おも》えてくるから不思議《ふしぎ》だ。

「で、でも、なんで諒太《りょうた》にそんなこと、わかるわけ？　夏月《なつき》と会《あ》ったこともないのに」

すると、諒太《りょうた》は肩《かた》をすくめた。

「鳴尾《なるお》の話聞《はなしき》いてたら、なんとなくその子《こ》の気持《きも》ち、わかる気《き》がしたし。俺《おれ》も、そういうとこあるから」

「えーっ、諒太《りょうた》が？」

わたしはまじまじと諒太《りょうた》を見《み》た。

いつもいいかげんでチャラい諒太《りょうた》が、夏月《なつき》みたいに悩《なや》むことなんてあるんだろうか。

なんか意外《いがい》。

「なんだよ、俺《おれ》に悩《なや》みがあったら、おかしいわけ？」

「べつにおかしくないけど、なんかキャラじゃないっていうか」

口《くち》をにごしてそう言《い》ったら、諒太《りょうた》はふっと小《ちい》さく息《いき》をはいた。

「だよな～。俺《おれ》らしくないよな～。……あ、青《あお》になった」

そう言《い》って、マウンテンバイクを押《お》して、早足《はやあし》で横断歩道《おうだんほどう》をわたっていく。

「あっ、ねえ」

わたしも諒太《りょうた》のあとに続《つづ》いて横断歩道《おうだんほどう》をわたり、うしろから、諒太《りょうた》に声《こえ》をかけた。

諒太《りょうた》がキッと音《おと》を立《た》ててブレーキを掛《か》ける。

「なに？」

わたしは、前《まえ》から気《き》になってたことを聞《き》いてみた。

「あのさ、諒太《りょうた》ってなんで啓輝塾《けいきじゅく》に通《かよ》ってるわけ？　聡明《そうめい》に通《かよ》ってるなら、高校《こうこう》もそのまま上《うえ》に上《あ》がれるんだし、そもそも諒太《りょうた》は頭《あたま》いいんだから、もう塾《じゅく》に通《かよ》う必要《ひつよう》なんてないんじゃないの？」

すると、諒太《りょうた》はあからさまに不服《ふふく》そうな顔《かお》になった。

「なんだよ、それ。俺《おれ》が啓輝《けいき》に通《かよ》うのがわりいのかよ」

わたしはあわてて首《くび》を横《よこ》にふった。

「そうじゃないけどさ、わたしだったら通《かよ》わなくていいなら、塾《じゅく》なんて通《かよ》わないのになあって思《おも》って」

「いいの。俺《おれ》は、通《かよ》いたいの！」

諒太《りょうた》はニカッと笑《わら》って、また歩《ある》きだした。遠《とお》ざかっていく諒太《りょうた》の背中《せなか》を見《み》る。

諒太《りょうた》って、やっぱ変《へん》なやつ。

なんにも考《かんが》えてなさそうで、実《じつ》は考《かんが》えてるみたいだし、わたしのこと好《す》きだって言《い》ってるけど、それも本気《ほんき》かどうかわかんないし。

だいたい、ホントに好《す》きなら、もうちょっと強引《ごういん》にメアドを聞《き》いてくるとか、ふたりでいっしょに帰《かえ》ってる間《あいだ》に、本気《ほんき》の告白《こくはく》とかしてくるもんじゃない？

（いや、べつに期待《きたい》してるわけじゃないけどさ）

諒太《りょうた》がなにを考《かんが》えてるのか、わたしにはわかんないよ！

「ほらー、先行《さきい》くぞー」

諒太《りょうた》が、立《た》ちどまってふりかえる。

「あ、ちょっと、待《ま》ってよ！」

諒太《りょうた》に置《お》いていかれないように、わたしも自転車《じてんしゃ》を押《お》して歩《ある》きだした。

6 なんでこうなるの!?

「おつかれー」

部活後《ぶかつご》、制服《せいふく》に着《き》がえてひとりで先《さき》に部室《ぶしつ》を出《で》たら、

「なるたん」

あとから追《お》いかけてきた夏月《なつき》に呼《よ》びとめられた。

この間《あいだ》のことがあってから、夏月《なつき》と話《はな》すのは初《はじ》めてだ。

「なに？」

ふりかえってたずねると、夏月《なつき》は目《め》をふせた。

「……あの、この間《あいだ》は変《へん》なこと言《い》って、ごめんね」

わたしはうつむく夏月《なつき》を見《み》て、ううんと首《くび》をふった。

「気《き》にしてないよ。こっちこそ、なんにもわからずに、えらそうに言《い》っちゃってごめん。

たしかに、夏月《なつき》の気持《きも》ちは、夏月《なつき》にしかわかんないよね」

すると、夏月《なつき》がはじかれたように顔《かお》をあげた。

とまどっているような、今《いま》にも泣《な》きだしそうな、不思議《ふしぎ》な表情《ひょうじょう》で。

「言《い》いたくないなら聞《き》かないけど、もしも言《い》いたくなったときは、いつでも聞《き》くから、遠慮《えんりょ》しないで言《い》ってよ」

夏月《なつき》は、うんとうなずいてから、小《ちい》さく「ありがとう」とつぶやいた。

「……じゃあ、わたし、塾《じゅく》あるし、先《さき》に帰《かえ》るね」

わたしはそう言《い》うと、ばいばいと手《て》をふってから歩《ある》きだした。

(夏月《なつき》、あずみと仲直《なかなお》りしたのかなあ)

入学《にゅうがく》してからずっと、部活《ぶかつ》でも教室《きょうしつ》でもいつもいっしょのふたりだったのに、この間《あいだ》のことがあってからは別々《べつべつ》に行動《こうどう》している。

あずみはほかの子《こ》たちといっしょに普段通《ふだんどお》りにしているけれど、どっちかというと夏月《なつき》が孤立《こりつ》しているみたいだ。

心配《しんぱい》だなあと思《おも》うけど、わたしにはわからない夏月《なつき》だけの思《おも》いがあるんだろう。

先輩《せんぱい》たちに言《い》われたからって、もう口出《くちだ》ししないほうがいいのかもしれない。

この間《あいだ》、諒太《りょうた》に言《い》われて、そう気《き》がついたのだ。

(なんか最近《さいきん》のわたし、諒太《りょうた》に影響《えいきょう》されてるなあ)

そもそも、わたしは女《おんな》の子《こ》とよりも男子《だんし》とのほうが波長《はちょう》が合《あ》うのかもしれない。

クラスでも、気《き》をつかわずに話《はなし》ができる女子《じょし》は、小学校《しょうがっこう》がいっしょだったまいまいくらいだし。

まいまいは、本当《ほんとう》に性格《せいかく》のいい子《こ》だ。

明《あか》るくて、元気《げんき》いっぱいで、だれにでもやさしい。

といっても、そのまいまいも、中学《ちゅうがく》に入《はい》ってからというもの、いつも辻本《つじもと》さんといっしょにいるようになったから、そんなに話《はなし》をするわけじゃない。

(ま、ともかく、夏月《なつき》がちょっとでも話《はな》してくれてよかったな)

これでめでたしめでたしってわけにはいかないけど、夏月《なつき》から行動《こうどう》を起《お》こしてくれたってだけでも、大《おお》きな進歩《しんぽ》だ。

(今日《きょう》の塾《じゅく》の帰《かえ》りに、諒太《りょうた》にさっきのこと、報告《ほうこく》しよっと)

諒太《りょうた》のやつ、なんて言《い》うかな。

きっと、「ほ〜らな、俺《おれ》のおかげだし！」なんて得意《とくい》げな顔《かお》をするにちがいない。

ふふっとひとりで笑《わら》ってから昇降口《しょうこうぐち》まで行《い》き、靴《くつ》を履《は》きかえ、外《そと》に出《で》る。

（さあ、今日《きょう》こそ早《はや》めに塾《じゅく》に行《い》って、予習《よしゅう》すませなきゃ）

そのためにも、今日《きょう》はわざわざ制服《せいふく》に着《き》がえてから下校《げこう》するんだから。

部活帰《ぶかつがえ》りの子《こ》たちにまじって校門《こうもん》をぬけて先《さき》を急《いそ》ぐと、坂道《さかみち》の先《さき》にならんで歩《ある》く石崎《いしざき》くんと辻本《つじもと》さんの姿《すがた》が見《み》えた。

（あっちゃあ〜。また、帰《かえ》り道《みち》がいっしょになっちゃったよ）

どうしていつもこう出《で》くわしちゃうんだろう？

それまで大股《おおまた》だった歩幅《ほはば》をせばめ、ふたりのうしろすがたを見《み》る。

この間《あいだ》は、なんかケンカしちゃってたみたいだけど、もう仲直《なかなお》りしたのかな。

そういえば、まいまいが小坂《こさか》といっしょに、『ふたりを仲直《なかなお》りさせよう計画《けいかく》』を立《た》てて、遊園地《ゆうえんち》でダブルデートしたんだって言《い》ってたっけ。

（まいまいって、ホントいい子《こ》だよなあ）

ふたりは、わたしがいることに気《き》がついていないようだ。

きっと、ふたりだけの世界《せかい》に入《はい》りこんでいて、まわりの景色《けしき》が見《み》えてないんだろうな。

あいさつをしなくてすむように、部活帰《ぶかつがえ》りの子《こ》たちの間《あいだ》にまぎれて、ふたりの横《よこ》を通《とお》りすぎる。

信号待《しんごうま》ちをしているときに、肩越《かたご》しにうしろをふりかえった。

ふたりは、辻本《つじもと》さんのマンションの前《まえ》に立《た》ちどまっておしゃべりをはじめたようだ。

仲《なか》がよさそうになにかしゃべっている。

(いいなあ、辻本《つじもと》さんは)

石崎《いしざき》くんみたいなカッコいい彼氏《かれし》がいて、応援《おうえん》してくれる友《とも》だちがいて、おまけにかわいくて。

性格《せいかく》もおっとりしてそうだし、きっと、家《いえ》でもかわいがられてるんだろうな。

いかにも愛《あい》されて育《そだ》ちましたって感《かん》じするもん。

わたしとはなにもかもがおおちがいだ。

(あー、だめだ。辻本《つじもと》さんを見《み》てたら、自分《じぶん》とくらべて卑屈《ひくつ》になってしまう)

信号《しんごう》が、青《あお》になった。

(さ、こんなとこでぼさっとしてないで急《いそ》がなきゃ)

わたしはふたりの姿《すがた》をふりきるように、その場《ば》からかけだした。

近所《きんじょ》にあるクリーニング屋《や》さんの時計《とけい》を見《み》て、足早《あしばや》に家《いえ》にむかう。

(よし、今日《きょう》は早《はや》めに塾《じゅく》に行《い》けそうだな)

角《かど》を曲《ま》がって、家《いえ》の前《まえ》まで行《い》こうとして、足《あし》を止《と》めた。

朝《あさ》から雨《あめ》なんて降《ふ》っていないのに、わが家《や》の前《まえ》のアスファルトだけが、びしょぬれになっている。

そしてガレージからは、アユムたちの声《こえ》。

(……なんか、いやな予感《よかん》!)

わたしはかばんをかつぎなおして、だっと家《いえ》の前《まえ》へ走《はし》っていった。

門《もん》の扉《とびら》をあけたら、そこには盛大《せいだい》に水《みず》が噴《ふ》き出《だ》しているホースを持《も》ったノゾムと、全身《ぜんしん》びしょぬれのアユムとススムがきゃあきゃあ声《こえ》をあげてはしゃぐ姿《すがた》があった。

「あんたたち、なにやってんのっ！」

わたしが叫《さけ》ぶと、三人《にん》はぴたっと動《うご》きを止《と》めて、わたしのほうへふりかえった。

「あ、おねえちゃーん」

「今《いま》ねえ、三人《にん》でねえ……！」

最後《さいご》まで言《い》いおわらないうちに、わたしは水道《すいどう》の蛇口《じゃぐち》をキュッとひねって、ノゾムの手《て》からホースをうばい取《と》った。

「こらっ！　なんでこんなことすんのっ！」

ノゾムはぽかんとしている。

「いつも言《い》ってるでしょ。電気《でんき》と水道《すいどう》は、ムダづかいしちゃだめだって」

ガレージはもちろん、あたりにはあちこち水《みず》たまりができている。

お父《とう》さんの車《くるま》もびしょぬれだ。

「あー、あー、どうすんの？　今日《きょう》、お父《とう》さん早《はや》く帰《かえ》ってくる日《ひ》なのに、こんなことしておこられるよっ」

わたしの言葉《ことば》に、三人《にん》の顔色《かおいろ》がさあっと変《か》わった。

弟《おとうと》たちは、お父《とう》さんにおこられるのが大《だい》きらいなのだ。

「で、でもね、お花《はな》にお水《みず》あげようとして……」

アユムがしどろもどろで言《い》い訳《わけ》をしはじめた。

よく見《み》たら、アジサイの花《はな》の根元《ねもと》に大《おお》きな水《みず》たまりができている。

(……その気持《きも》ちはわかるけどさ。——それなら、ジョウロであげればいいじゃん！)

わたしはがっくり脱力《だつりょく》した。

「ほら、家入《いえはい》って。早《はや》く着《き》がえなきゃ、風邪《かぜ》ひくよ」

そう言《い》いながら、全身《ぜんしん》ずぶぬれの三人《にん》を追《お》い立《た》てる。

(お母《かあ》さんはなにしてるんだろ。ノゾムたちのこと、ほったらかしにして！)

家《いえ》に入《はい》ろうとして、ポストに夕刊《ゆうかん》と郵便物《ゆうびんぶつ》がささったままになっているのに気《き》がついた。

ガレージの奥《おく》にある裏庭《うらにわ》には、洗濯物《せんたくもの》がぶらさがったままだ。

(……もしかして)

新聞《しんぶん》と郵便物《ゆうびんぶつ》を引《ひ》きぬいて、家《いえ》に入《はい》る。

「ちょっと、お母《かあ》さん！」

リビングのドアノブを持《も》ったまま、絶句《ぜっく》する。

「……なに、これ」

テーブルの上《うえ》は、飲《の》みかけのジュースが入《はい》ったコップが置《お》きっぱなしだし、その横《よこ》にはポテトチップスが散乱《さんらん》している。

あまりの散《ち》らかりっぷりにおどろいていたら、ソファの上《うえ》のクッションの山《やま》がもこっと動《うご》いた。

「ぎゃあ！」

思《おも》わず叫《さけ》び声《ごえ》をあげると、

「あ〜、よく寝《ね》た」

なかから両手《りょうて》をつきだしたお母《かあ》さんがあらわれて、よっこらしょと起《お》きあがった。

「あれ、おねえちゃん。おかえり〜」

お母《かあ》さんは、思《おも》いっきり寝起《ねお》きの顔《かお》で、何事《なにごと》もなかったかのようににっこり笑《わら》う。

「『おかえり〜』じゃないよ。なんでそんなとこで寝《ね》てるわけ？」

わたしが言《い》っても、お母《かあ》さんは気《き》にすることもなく、ふわあと大《おお》きな口《くち》をあけてあくびをした。

「それがさあ、幼稚園《ようちえん》のおむかえから帰《かえ》ってきたら、なーんかやけに眠《ねむ》くなっちゃって、そのまま寝《ね》ちゃったんだよねえ」

(あっきれた！)

いたずら盛《ざか》りの弟《おとうと》たちをほったらかしにして、ひとりでお昼寝《ひるね》するなんて。

わたしはわざとどすんと音《おと》を立《た》てて肩《かた》にかついでいたかばんを床《ゆか》に置《お》き、テーブルの上《うえ》のお菓子《かし》を片付《かたづ》けはじめた。

(あ〜、もう、せっかく早《はや》く帰《かえ》ってきたのに！)

わたしは、はあ〜っとわざとらしく大《おお》きな息《いき》をつくと、お母《かあ》さんにむかって言《い》った。

「ねえ、晩《ばん》ごはん、できてるの？　わたし、今日塾《きょうじゅく》なんだけど」

すると、お母《かあ》さんはねぐせのついた髪《かみ》をぼりぼりかいて、首《くび》をひょこっとすくめた。

「えへへ。それが、まだ買《か》い物《もの》にも行《い》けてないんだ。おとといから行《い》ってないし、そろそろ行《い》かなきゃなーって思《おも》ってるんだけど、なんか、眠《ねむ》くて」

（あー、もう、まただよ！）

お母《かあ》さんはわたしとちがって、もともと細《こま》かいことは気《き》にしないタイプだ。お父《とう》さんも、平日《へいじつ》は忙《いそが》しくて朝早《あさはや》くから夜遅《よるおそ》くまで家《いえ》にいないから、少々《しょうしょう》部屋《へや》が散《ち》らかっていても気《き》にしていない。

でも、わたしはすごくいや。

家《いえ》が散《ち》らかっていたら、いらいらしてしまう。

弟《おとうと》たちといっしょに遊《あそ》んでいて、部屋《へや》を散《ち》らかすことは前《まえ》からあったけど、それでもごはんの用意《ようい》だけはいつもちゃんとしてくれていた。

それが、今《いま》ではぜんぜんだ。

いくら妊娠中《にんしんちゅう》だからって、ごろごろしていないで、もうちょっと家《いえ》のこと、すればいいのに。

「じゃあ、どうするの、晩《ばん》ごはん。わたし、もうコンビニで買《か》うの、やだからね。それにお父《とう》さん、今日《きょう》はいつもより早《はや》く帰《かえ》れるし晩《ばん》ごはんがいるって言《い》ってたんじゃないの？そこのカレンダーに、しるしつけてあるじゃん」

わたしが言《い》うと、お母《かあ》さんはきょとんとしてカレンダーを見上《みあ》げた。

「えーっと、そんなの書《か》いてあったっけ。……うわあ、ホントだ！　お父《とう》さん、家《いえ》でごはん食《た》べる日《ひ》だね。うっかりしてたあ」

お母《かあ》さんはぜんぜん困《こま》ってなさそうな顔《かお》で、甘《あま》えてきたアユムをひざに乗《の》せた。

「ねえ、おねえちゃん、塾《じゅく》までもうちょっとだけ時間《じかん》あるよね？　悪《わる》いんだけど、そこのスーパーで買《か》い物《もの》してきてくれない？　その間《あいだ》に、ごはんの用意《ようい》、しておくから」

（やっぱり……！）

ぜったいそう言《い》うと思《おも》ってたんだ。

わたしは、えーっと顔《かお》をしかめてみせた。

「せっかく、早《はや》めに塾《じゅく》に行《い》って予習《よしゅう》しようと思《おも》ってたのに。宿題《しゅくだい》もたまってるんだよ？」

「ごめんねえ、おねえちゃん。サラダに使《つか》うお野菜《やさい》がぜんぜんないの。牛乳《ぎゅうにゅう》もないし、買《か》ってきてほしいもの、すぐメモに書《か》くから、お願《ねが》い、ひとっぱしり行《い》ってきて」

お母《かあ》さんはそう言《い》うと、そばにあった新聞《しんぶん》のチラシに走《はし》り書《が》きをはじめた。

（結局《けっきょく》、そうなるんだよね）

お母《かあ》さんは、わたしがやってあたりまえだと思《おも》ってるんだ。

「……わかった。行《い》くけど、ホントにごはんの用意《ようい》、しといてよね。あと、洗濯物《せんたくもの》、まだ外《そと》に干《ほ》したままだったよ」

ぶすっとした顔《かお》でそう言《い》うと、お母《かあ》さんは能天気《のうてんき》な声《こえ》で、「オッケー」と言《い》って、わたしに買《か》い物《もの》メモとお財布《さいふ》、それからエコバッグを押《お》しつける。

「えーっ、おねえちゃん、今《いま》から買《か》い物《もの》行《い》くの！　アユも行《い》く！」

「スーも！」

「ずるいぞ、俺《おれ》も！」

とたんに、アユムたちが大《おお》さわぎしはじめた。

(げっ、アユムたちを連《つ》れて行《い》くなんて、無理《むり》だよ！)

ここからスーパーまでは歩《ある》いて五分《ふん》ほど。

だけど、アユムたちがいっしょだと倍《ばい》ちかく時間《じかん》がかかってしまう。それにむこうについても、三人《にん》が勝手《かって》に売《う》り場《ば》を走《はし》りまわるので追《お》いかけるのに大変《たいへん》なのだ。

「おねえちゃん、ひとりで自転車《じてんしゃ》で行《い》って、パッと買《か》ってくるだけだから、あんたたちは待《ま》ってなさい」

そう言《い》い聞《き》かせても、三人《にん》とも、ぜんぜん聞《き》いていない。

「先行《さきい》くよ！」

だーっと玄関《げんかん》へ走《はし》っていってしまった。

（んもう！）

しかたなく、お母《かあ》さんからわたされた財布《さいふ》とエコバッグを持《も》ってあとを追《お》いかける。

「ごめんね、おねえちゃん。お願《ねが》いねえ」

お母《かあ》さんの声《こえ》が、うしろから聞《き》こえたけど、わたしは返事《へんじ》をしなかった。

7 意外《いがい》な事実《じじつ》

家《いえ》から歩《ある》いて五分《ふん》の場所《ばしょ》にあるスーパーは、ちょうど夕食《ゆうしょく》どきで混雑《こんざつ》していた。

カートを押《お》す主婦《しゅふ》たちが、気忙《きぜわ》しく行《い》きかっている。

店《みせ》のなかに入《はい》ったとたん、つないでいたわたしの手《て》をふりきって、アユムがだーっと走《はし》っていく。

「こらあ、走《はし》っちゃだめって言《い》ったでしょ！」

思《おも》った通《とお》り、三人《にん》はお菓子《かし》売《う》り場《ば》に直行《ちょっこう》していた。

（……はあ、やっぱりね）

「三人《にん》とも、お菓子《かし》は、ひとりひとつだけ。おもちゃついてるやつはだめだからね、わかった？」

そう言《い》うと、三人《にん》は神妙《しんみょう》な顔《かお》でうなずいた。

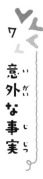

「おねえちゃん、お母《かあ》さんに頼《たの》まれたもの選《えら》んでくるから、それまでここでじっとしててよ。いい？」

そう言《い》い置《お》いて、わたしは急《いそ》いで野菜《やさい》売《う》り場《ば》へとむかった。

「ええっと、キャベツとカボチャと、玉《たま》ねぎ、にんじん、じゃがいも、それから牛乳《ぎゅうにゅう》を二本《ほん》か。……んもう、重《おも》たいやつばっかじゃん！」

ぶつぶつ言《い》いながら、かごに入《い》れていく。

腕《うで》にくいこみそうなくらい重《おも》たいかごを持《も》ちなおそうとして、足《あし》を止《と》めた。

「……あっ」

そこで、制服姿《せいふくすがた》の辻本《つじもと》さんとばったりでくわした。

辻本《つじもと》さんも、手《て》にかごを持《も》っている。

(え〜っ、なんでここに辻本《つじもと》さんがいるわけ？)

とまどっていると、辻本《つじもと》さんがにっこりほほえんだ。

「鳴尾《なるお》さんも、お買《か》い物《もの》？」

「え、辻本《つじもと》さんも？」

「うん、ここのスーパー、広《ひろ》いし、買《か》い物《もの》しやすいから、よく来《く》るの」

辻本《つじもと》さんが、はずかしそうに肩《かた》をすくめる。

（よく来《く》る？　スーパーに、辻本《つじもと》さんが？）

なんか、あんまりイメージに合《あ》わないんだけど。

そう思《おも》いながら、辻本《つじもと》さんの持《も》っている買《か》い物《もの》かごを見《み》る。

なかには、半分《はんぶん》に切《き》ったレタスとトマトがひとつ、それからお豆腐《とうふ》が入《はい》っている。

「でも、今日《きょう》のメニュー、まだ決《き》まってなくて、迷《まよ》ってるんだ」

「もしかして、辻本《つじもと》さんが晩《ばん》ごはん作《つく》るの？」

びっくりして聞《き》くと、辻本《つじもと》さんは真《ま》っ赤《か》な顔《かお》でうなずいた。

「作《つく》るって言《い》っても、たいしたものはできないんだけど……」

わたしは、まじまじと目《め》の前《まえ》の辻本《つじもと》さんを見《み》た。

「えらいねえ、わたし、料理《りょうり》なんてしたことないよ」

感心《かんしん》してそう言《い》ったら、辻本《つじもと》さんは顔《かお》にかかった髪《かみ》を耳《みみ》にかけて、ううんと首《くび》をふった。

「えらくなんて、ないよ。作《つく》らなきゃ、晩《ばん》ごはんが食《た》べられないし。お母《かあ》さん、フルタイ

ムで働《はたら》いてるから、スーパーがあいてる時間《じかん》に帰《かえ》ってこられないんだ」

「……へえ、そうなんだ」

毎日晩《まいにちばん》ごはんのメニューを考《かんが》えて買《か》い物《もの》してるなんて、信《しん》じられない。もしもわたしがお母《かあ》さんにそんなこと頼《たの》まれたら、ぜったい文句《もんく》を言《い》ってしまいそうだ。

辻本《つじもと》さんって、てっきり、家《いえ》でもちやほやされて、家族《かぞく》みんなからかわいがられてるんだろうなと思《おも》いこんでいたけど、そういうわけでもないみたい。なんか意外《いがい》。

そこへ、いきなりうしろから、ドンとなにかがぶつかってきた。

「……イタッ！」

ふりかえると、わたしの腰《こし》にアユムが体当《たいあ》たりしていた。

「おねえちゃん、遅《おそ》いよお」

「なにしてんのっ！」

手《て》にお菓子《かし》を持《も》ったススムとノゾムもあとから追《お》いかけてくる。

「ちょっと、あんたたち、お菓子売《かしう》り場《ば》で待《ま》ってなさいって言《い》ったでしょ？」

「だっておねえちゃん遅《おそ》いんだもん」

「そうだよ。ねえ、この人《ひと》、だれ！」

ススムが、なんの遠慮《えんりょ》もなく辻本《つじもと》さんを指《ゆび》さす。

「こら、人《ひと》のこと指《ゆび》さしちゃだめ！」

ススムの手《て》をつかんで、辻本《つじもと》さんに「ごめんね」と頭《あたま》を下《さ》げる。

すると、ノゾムが大声《おおごえ》で聞《き》いてきた。

「おねえちゃんの友《とも》だち？」

一瞬《いっしゅん》、返事《へんじ》が遅《おく》れる。

(友《とも》だちっていうか……)

辻本《つじもと》さんとは同《おな》じクラスだけど、仲《なか》のいい『友《とも》だち』ってわけじゃない。

こういう場合《ばあい》、どう言《い》えばいいんだろう？

「え、ええっとね……」

どう答《こた》えようかと思《おも》っていたら、辻本《つじもと》さんが、ふわっと笑《わら》ってアユムたちの前《まえ》にかがみこんだ。

「こんにちは。わたし、辻本莉緒《つじもとりお》です。おねえちゃんと同《おな》じクラスなんだよ」

とたんに、さっきまで大《おお》きな声《こえ》でさわいでいたススムが、おとなしくなった。

「何年生《なんねんせい》？」

辻本《つじもと》さんが聞《き》くと、ノゾムは口《くち》をへの字《じ》に曲《ま》げたまま、辻本《つじもと》さんの顔《かお》の前《まえ》でピッと指《ゆび》を二本《ほん》立《た》てた。

「二年生《ねんせい》なんだあ」

その言葉《ことば》に、ノゾムがぱあっと笑顔《えがお》になる。

「こっちはね、アユムとススム。つつじ台幼稚園《だいようちえん》に行《い》ってるの。アユムはすみれ組《ぐみ》で、ススムはバラ組《ぐみ》」

聞《き》かれてもいないのに、ノゾムが勝手《かって》にアユムたちを紹介《しょうかい》しはじめる。

「わあ、そうなんだ。かわいいね。お菓子《かし》、おねえちゃんに買《か》ってもらうの？　いいなあ」

辻本《つじもと》さんがにこっとほほえむと、普段《ふだん》まったく落《お》ちつきのないアユムたちがおとなしくなった。

(な～によ。赤《あか》い顔《かお》しちゃって)

男《おとこ》って、ホントかわいい女《おんな》の子《こ》に弱《よわ》いんだから！

「……あっ」

わたしは、ノゾムが両手《りょうて》に持《も》っていたお菓子《かし》をとりあげた。

「お菓子《かし》は、ひとりひとつだけって言《い》ったでしょ。なんでふたつ持《も》ってるの？　一個《いっこ》返《かえ》しといで」

「やだ」

そう言《い》うと、ノゾムはわたしの手《て》からそのお菓子《かし》をうばいかえした。

「やだじゃない。約束《やくそく》でしょ！」

わたしが声《こえ》を荒《あら》らげると、ノゾムは口《くち》をとがらせて、言《い》いかえしてきた。

「……だって、これ、おねえちゃんのだし」

「えっ、わたし？」

ノゾムがしっかりにぎりしめているチョコバーを見《み》た。

……ホントだ、わたしが好《す》きなやつだ。

「やさしい弟《おとうと》さんだね」

そばで聞《き》いていた辻本《つじもと》さんがつぶやく。

「わたし、ひとりっ子《こ》で、おまけにお母《かあ》さんとふたり家族《かぞく》なんだ。だから、こんなかわいい弟《おとうと》さんが三人《にん》もいるなんて、鳴尾《なるお》さんがうらやましいな」

そう言《い》って、辻本《つじもと》さんが、ちょっとさみしそうに笑《わら》った。

「あのねえ、アユんち、もうひとり赤《あか》ちゃん生《う》まれるの！」

「そうだよ。スーたちも、もうすぐお兄《にい》ちゃんになるんだよ」

ちびふたり組《ぐみ》が、辻本《つじもと》さんに必死《ひっし》でアピールする。

「えーっ、また赤《あか》ちゃんが生《う》まれるの？　にぎやかでいいね」

辻本《つじもと》さんが、本当《ほんとう》にうらやましそうにわたしを見《み》た。

（……そっか。お母《かあ》さん、帰《かえ》ってくるのが遅《おそ》いってさっき、言《い》ってたもんね）

にぎやかなのがうらやましいなんて、初《はじ》めて言《い》われた。

いつもぎゃあぎゃあさわいでいる弟《おとうと》たちのことを、うっとうしいなんて思《おも》ってたけど、学校《がっこう》から帰《かえ》ってきて、だれもいない家《いえ》にずうっとひとりでいることを思《おも》ったら、たしかにさみしいよね。

どう答《こた》えていいかわからなくてだまりこむと、辻本《つじもと》さんは買《か》い物《もの》かごを持《も》ちなおした。

「あ、引《ひ》き止《と》めてごめんね。じゃあ、またね」

そう言《い》ってかわいらしく手《て》をふると、ノゾムたちは両手《りょうて》をぶんぶんふりかえした。

「ばいばーい！」

「おねえちゃん、またねーっ！」

ノゾムたちに盛大《せいだい》に見送《みおく》られて、辻本《つじもと》さんはにこにこ笑《わら》いながら、別《べつ》の売《う》り場《ば》へと行《い》ってしまった。

「おねえちゃんと同《おな》じクラスの人《ひと》、やさしそう！」

「テレビに出《で》る人《ひと》みたい！」

アユムとススムがきゃっきゃとさわいで喜《よろこ》んでいる。

「ほら、さわいでないで、行《い》くよ」

弟《おとうと》たちを前《まえ》に歩《ある》かせて、うしろをふりかえった。

急《いそ》ぎ足《あし》の主婦《しゅふ》たちにまじって、ひとりお肉《にく》売《う》り場《ば》のあたりをうろうろしている辻本《つじもと》さんの背中《せなか》が見《み》える。

辻本《つじもと》さんは、毎日《まいにち》、ひとりで買《か》い物《もの》に来《き》てるのかな。

そしてだれもいない家《いえ》に帰《かえ》って、ひとりで晩《ばん》ごはんの用意《ようい》をして、ひとりぼっちで食《た》べているのだろうか。

(そんなイメージ、ぜんぜんないのに)

「おねえちゃん、早《はや》く行《い》こうよ！　塾《じゅく》、あるんでしょ？」

ススムの声《こえ》に、はっとする。

(やばい、そうだった。ごはんもまだ食《た》べてないのに！)

「ごめん、ごめん」

いつもうるさい弟《おとうと》たちに、のんびりやのお母《かあ》さん。

つい文句《もんく》ばっかり言《い》ってしまうけど、辻本《つじもと》さんが言《い》うように、わたしは恵《めぐ》まれているのかもしれない。

わたしは食材《しょくざい》がたくさん入《はい》ったかごを、気合《きあ》いを入《い》れて持《も》ちあげ、弟《おとうと》たちといっしょにレジへとむかった。

8 "おねえちゃん"だから

「ただいまーっ」

荷物《にもつ》がいっぱい入《はい》ったエコバッグをどさっと玄関《げんかん》に置《お》くと、アユムたちがわれ先《さき》にと靴《くつ》を脱《ぬ》ぎ散《ち》らかして家《いえ》のなかへと入《はい》っていく。

「アユが先《さき》!」

「スーだぞ」

もう小競《こぜ》り合《あ》いをはじめている。

「ほらあ、先《さき》に手洗《てあら》いうがいしといで!」

靴《くつ》を脱《ぬ》ぎながら、うしろから声《こえ》をかける。

「はーいっ!」

弟《おとうと》たちは、また競《きそ》うようにして洗面所《せんめんじょ》へと走《はし》っていった。

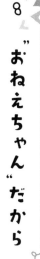

よっこいしょとエコバッグをかついでリビングに入《はい》ると、部屋《へや》のなかが真《ま》っ暗《くら》だ。

なんだか、いやな予感《よかん》がする。

「ちょっと、お母《かあ》さん、まだ寝《ね》てるの？　わたしのごはんは？」

ぱちんと電気《でんき》をつける。

一瞬《いっしゅん》、目《め》を細《ほそ》めて部屋《へや》を見《み》わたす。

部屋《へや》のなかは、さっき、スーパーへ出《で》かける前《まえ》とまったく同《おな》じ状態《じょうたい》で、散《ち》らかったままだった。

「……うーん、ごめん。また眠《ねむ》っちゃってた」

お母《かあ》さんが、ソファの上《うえ》でもぞもぞ動《うご》く。

「んもう、わたし、今日塾《きょうじゅく》なんだよ？　もう行《い》かなきゃいけないのに」

そう言《い》いかけて、ふと裏庭《うらにわ》を見《み》ると、薄闇《うすやみ》のなかで、ぶらさげたままの洗濯物《せんたくもの》が風《かぜ》に吹《ふ》かれて揺《ゆ》れているのが見《み》えた。

「洗濯物《せんたくもの》、入《い》れといてって言《い》ったじゃん！　カーテンも閉《し》めてないし！」

（んも〜〜〜っ！　さっきは、『恵《めぐ》まれてるかも』、なんて思《おも》ったけど、やっぱムリ！）

お母《かあ》さんは、床《ゆか》をはうようにしてエコバッグが置《お》いてある場所《ばしょ》まで移動《いどう》すると、財布《さいふ》を取《と》りだして、千円札《せんえんさつ》をぬき取《と》った。

「ごめーん、おねえちゃん。やっぱり今日《きょう》も作《つく》れそうにないから、悪《わる》いけど、コンビニでお弁当《べんとう》、買《か》ってくれる？」

そう言《い》って、にこっと笑《わら》うお母《かあ》さんの顔《かお》を見《み》て、わたしの怒《いか》りはついに爆発《ばくはつ》した。

「いいかげんにしてよっ！」

お母《かあ》さんの手《て》から、千円札《せんえんさつ》をはねのける。

洗面所《せんめんじょ》からもどってきたノゾムたちが、おびえたような顔《かお》で、わたしとお母《かあ》さんを見《み》くらべた。

「お母《かあ》さんがごはんの用意《ようい》しとくって言《い》ったから、ノゾムたち連《つ》れて買《か》い物《もの》に行《い》ったのに、どうしてまたコンビニ弁当《べんとう》なの？」

お母《かあ》さんが、床《ゆか》に落《お》ちた千円札《せんえんさつ》をだまってひろいあげる。

(落《お》ちつけ、わたし。こんなこと、ノゾムたちの前《まえ》で言《い》っちゃだめだ)

お母《かあ》さんは、おなかに赤《あか》ちゃんがいるんだから、普通《ふつう》よりずっとつかれやすい。

だから家《いえ》のことができなくってもしょうがないんだ。

それに弟《おとうと》たちだって、まだ小《ちい》さいんだから、おりこうにできなくてもしかたない。

頭《あたま》のなかではちゃんと理解《りかい》してるのに、勝手《かって》に口《くち》が動《うご》いてしまう。

「どうしてわたしばっかり頼《たよ》られなくちゃいけないの？　お母《かあ》さんは、いつもわたしを『おねえちゃん』って呼《よ》ぶけど、わたし、なりたくておねえちゃんになったわけじゃないし！」

すると、お母《かあ》さんは千円札《せんえんさつ》をじっと見《み》つめた。

「……そうだよね」

ぽつんとつぶやき、わたしを見上《みあ》げた。

「お母《かあ》さん、だめだよね。ごめんね、若葉《わかば》」

ふいにそう言《い》われて、言葉《ことば》につまる。

「でもね、ごはん食《た》べなきゃ、授業中《じゅぎょうちゅう》、おなか減《へ》るでしょ？　だから、今日《きょう》だけがまんしてくれる？　お願《ねが》い」

お母《かあ》さんが、しょんぼりした顔《かお》で肩《かた》を落《お》とす。

お母《かあ》さんは、ずるい。

すぐにそんな風《ふう》に謝《あやま》られたら、ぜんぶ、わたしが悪《わる》いみたいじゃないか。

「いいよ。おなか減《へ》ってないから」

わたしはそう言《い》うと、塾《じゅく》のかばんをかついで家《いえ》を飛《と》びだした。


自転車《じてんしゃ》にまたがり、夕《ゆう》ごはんぬきのままで、塾《じゅく》へむかった。

普段《ふだん》は、部活《ぶかつ》から帰《かえ》ってきたらたおれそうなくらいおなかがぺこぺこだけど、今日《きょう》はおやつも食《た》べていないのに、ぜんぜんおなかが減《へ》らない。

怒《いか》りにまかせて自転車《じてんしゃ》のペダルをこいで行《い》くと、あっという間《ま》に塾《じゅく》へついた。

いつもより塾《じゅく》についた時間《じかん》が遅《おそ》かったせいか、駐輪場《ちゅうりんじょう》には自転車《じてんしゃ》がいっぱい停《と》まっていて、だれもいなかった。

奥《おく》には諒太《りょうた》のマウンテンバイクがいつもの場所《ばしょ》に停《と》まっている。

「ほら、急《いそ》げよー。授業《じゅぎょう》、始《はじ》まるぞ」

先生《せんせい》の言葉《ことば》に返事《へんじ》もせず、塾生《じゅくせい》カードをたたきつけるようにして、教室《きょうしつ》へ入《はい》った。

「葉脈《ようみゃく》には、葉《は》の維管束《いかんそく》があり……」

授業中《じゅぎょうちゅう》、先生《せんせい》の説明《せつめい》を聞《き》きながら、ぼんやり考《かんが》える。

(やっぱり、さっきは言《い》いすぎちゃったなあ……)

はあっと大《おお》きく息《いき》をはく。

お母《かあ》さんだって、好《す》きでなまけてるわけじゃないのに、どうしてあんな言《い》い方《かた》しちゃったんだろう。

最近《さいきん》、イライラして、ついお母《かあ》さんにキツイ態度《たいど》をとってしまう。

(家《いえ》に帰《かえ》ったら、お母《かあ》さんにちゃんと謝《あやま》ったほうがいいかなあ)

でも、きっともうお父《とう》さんももどってるよね。

お父《とう》さんの前《まえ》で謝《あやま》ったりしたら、なにがあったんだって聞《き》かれて、余計《よけい》なお説教《せっきょう》をされちゃうかもしれない。

うちはお母《かあ》さんがやさしい分《ぶん》、お父《とう》さんが結構《けっこう》口《くち》うるさいのだ。

(あ～あ、家《いえ》に帰《かえ》るのがおっくうだなあ)

ホントは、洗濯物《せんたくもの》もお母《かあ》さんができないなら、わたしがたためばいいんだし、週末《しゅうまつ》はお父《とう》さんもいるから、辻本《つじもと》さんを見習《みなら》ってごはんを作《つく》ったりしたほうがいいんだってわかってる。

だけど、おねえちゃんだからやるのが当然《とうぜん》って思《おも》われるのは、いやなんだ。

このまま塾《じゅく》が終《お》わらなきゃいいのに。

そう思《おも》っていたら、きゅるるとおなかがなった。

9 好《す》きってどういう気《き》持《も》ち？

「な～るお、いっしょに帰《かえ》ろうぜ！」

授業《じゅぎょう》が終《お》わると、諒太《りょうた》が待《ま》ってましたとばかりに、かばんを持《も》ってわたしのとなりにならんだ。

「……あー、うん」

おなかも減《へ》っているし、今日《きょう》は諒太《りょうた》とおしゃべりする気分《きぶん》じゃない。

そう思《おも》ってそっけなく答《こた》えたけれど、諒太《りょうた》はぜんぜん気《き》にしない。

「わーい、じゃ、行《い》こう行《い》こう」

いつものように、ひまわりみたいな笑顔《えがお》で、にこにこ笑《わら》っている。

それを見《み》た広瀬《ひろせ》たちが、早速《さっそく》ひやかしてきた。

「あれっ、なんだよ。諒太《りょうた》と鳴尾《なるお》ってもしかして、つきあいだしたわけ？」

「失恋記録《しつれんきろく》、ストップじゃん！」

諒太《りょうた》はふたりのツッコミに、まんざらでもなさそうな顔《かお》で、「えへへ、まあな〜」なんて言《い》っている。

（なにが、『まあな〜』よっ）

ここで勝手《かって》にまちがわれて変《へん》なうわさを流《なが》されては困《こま》る。

わたしは早速《さっそく》ふたりにくぎを刺《さ》した。

「ちょっと、誤解《ごかい》しないでよね。わたしと諒太《りょうた》がつきあうなんて、地球《ちきゅう》が爆発《ばくはつ》してもないから」

わたしがきっぱりと言《い》うと、広瀬《ひろせ》と坂田《さかた》はとたんに、爆笑《ばくしょう》した。

「はい、諒太《りょうた》、またまた失恋記録更新《しつれんきろくこうしん》！」

「ギネス載《の》るまでがんばれ！」

大笑《おおわら》いするふたりを置《お》いて教室《きょうしつ》を出《で》ると、諒太《りょうた》はほっぺたをりすみたいにぷうっとふくらませて、追《お》いかけてきた。

「なんだよ。なんでそんなにすぐ地球《ちきゅう》が爆発《ばくはつ》するんだよ。俺《おれ》ってそこまで全否定《ぜんひてい》されてるわけ？」

わたしのとなりでぶつぶつ文句《もんく》を言《い》っている。

「だって、つきあってないじゃん」

「そうだけどさあ」

諒太《りょうた》はふくれっつらのまま、ポケットからカギを取《と》りだすと、

「ちょっと待《ま》ってて。チャリ、とってくるから」

そう言《い》って、自分《じぶん》のマウンテンバイクのほうへとかけていった。

諒太《りょうた》ってば、わたしが待《ま》つのが、当然《とうぜん》って思《おも》ってない？

先《さき》に帰《かえ》っちゃおうかな。

一瞬《いっしゅん》、そう思《おも》ったけど、いくらなんでもそれはやりすぎかなと思《おも》いなおした。

(はあ〜、おなか減《へ》ってるから、ついつい凶暴《きょうぼう》になっちゃうよ)

自分《じぶん》の自転車《じてんしゃ》を先《さき》にだして、諒太《りょうた》が出《で》てくるのを待《ま》っていたら、同《おな》じく授業《じゅぎょう》を終《お》えて出《で》てきた他校《たこう》の子《こ》たちが声《こえ》をかけてきた。

「あれっ、鳴尾《なるお》さん。どうしたの？」

「もしかして中嶋《なかじま》くんのこと、待《ま》ってるの？」

となり町《まち》から電車《でんしゃ》でこの塾《じゅく》に通《かよ》っているという立花《たちばな》さんと、中尾《なかお》さんだ。

中学《ちゅうがく》はちがうけれど、わたしと同《おな》じバレーボール部《ぶ》だから、練習試合《れんしゅうじあい》で顔《かお》を合《あ》わせることもあって、たまに話《はなし》をする。

どう答《こた》えようかと思《おも》ったけど、ウソをつくのもおかしいかなと思《おも》い、正直《しょうじき》にうなずいた。

「うん、そうだけど」

すると、ふたりは目配《めくば》せしあってから、またわたしに聞《き》いてきた。

「鳴尾《なるお》さんって、ホントは中嶋《なかじま》くんとつきあってるわけ？」

（また、その質問《しつもん》かあ）

わたしはちょっとうんざりしながら、ううんと首《くび》をふった。

「まさかあ、つきあってなんかいないよ。たまたま方角《ほうがく》が同《おな》じだから、いっしょに帰《かえ》ってるだけ」

そう答《こた》えると、「あ、そうなんだー」と、立花《たちばな》さんが胸《むね》を押《お》さえる。

「実《じつ》はさ、うちの学校《がっこう》の友《とも》だちで中嶋《なかじま》くんのこと、いいなって言《い》ってる子《こ》がいるんだよね」

「えっ、だって、立花《たちばな》さんの学校《がっこう》って、私立《しりつ》の桜泉女子《おうせんじょし》でしょ？　小学校《しょうがっこう》だってちがったのに、どうして立花《たちばな》さんのお友《とも》だちが、諒太《りょうた》のことを知《し》ってるの？」

不思議《ふしぎ》に思《おも》って聞《き》いてみたら、立花《たちばな》さんがだってえと言《い》いながら、マウンテンバイクのカギをはずす諒太《りょうた》のうしろすがたをちらっと見《み》た。

「中嶋《なかじま》くんって、電車通学《でんしゃつうがく》してるでしょ。結構目立《けっこうめだ》つし、うちの学校《がっこう》の子《こ》だけじゃなくて、他校《たこう》にもいいよねって言《い》ってる子《こ》、いるよ」

立花《たちばな》さんの言葉《ことば》に、中尾《なかお》さんもうなずく。

「だって、聡明《そうめい》って頭《あたま》よくても、正直《しょうじき》ダサい男子《だんし》ばっかだもん。そのなかに中嶋《なかじま》くんがいたら、やっぱり目立《めだ》つよねえ」

ふたりは顔《かお》を見合《みあ》わせて、うふふと笑《わら》う。

「中嶋《なかじま》くんは鳴尾《なるお》さんが好《す》きなんだろうけど、鳴尾《なるお》さんにはその気《き》はなさそうだもんね」

念押《ねんお》しされるように聞《き》かれて、思《おも》わずうなずく。

「……う、うん。まあね」

「中嶋《なかじま》くんファンの友《とも》だちに、チャンスあるよって伝《つた》えなきゃ。じゃあ、またね〜」

ふたりは、ひらひらと手《て》をふって駅《えき》のほうへ歩《ある》いていった。

(ふうん、あの諒太《りょうた》がねえ)

たしかに、聡明《そうめい》には諒太《りょうた》みたいなチャラいタイプ、いないかもしれない。

今《いま》まで一部《いちぶ》の女子《じょし》にいいって言《い》われてるとは聞《き》いたことがあるけど、他校《たこう》の女子《じょし》たちにまでさわがれてるなんて、ちょっと意外《いがい》。

あの日《ひ》、わたしが思《おも》わず諒太《りょうた》の前《まえ》で涙《なみだ》を見《み》せてしまってから、あたりまえのようにいっしょに帰《かえ》ってるけど、まわりの子《こ》たちからはつきあっているように見《み》えるのかな。

そもそも諒太《りょうた》はあいさつみたいにわたしに『つきあおうぜ!』なんて告白《こくはく》してくるけど、あれ、本気《ほんき》で言《い》ってるのかな?

わたしからすると、ただの冗談《じょうだん》にしか思《おも》えないんだけど。

(諒太《りょうた》とわたし、かあ……)

最近《さいきん》、ちょっと背《せ》が伸《の》びてきてホントは少《すこ》しだけ諒太《りょうた》のほうが背《せ》が高《たか》いんだけど、わたしが髪《かみ》をポニーテールにしている分《ぶん》、ふたりでならぶと同《おな》じくらいの高《たか》さに見《み》える。

わたしは高校生《こうこうせい》にまちがわれることが多《おお》いけど、諒太《りょうた》は童顔《どうがん》で女《おんな》の子《こ》みたいな顔立《かおだ》ちだから、ふたりでいてもおねえちゃんと弟《おとうと》みたいにしか見《み》えないかもしれないな。

(そうなんだよねー。諒太《りょうた》がもうちょっと背《せ》が伸《の》びれば……)

そこまで考《かんが》えてはっとした。

なんでわたし、そんなこと考《かんが》えてるんだろ。

べつに諒太《りょうた》の身長《しんちょう》が高《たか》かろうが低《ひく》かろうが、わたしには関係《かんけい》ないはずなのに。

「おまたせー」

ふいに諒太《りょうた》に声《こえ》をかけられて、

「わっ」

思《おも》わず、その場《ば》で飛《と》びあがった。

「……なんでそんなビビってるわけ?」

「べっ、べつに!」

わたしはあわてて顔《かお》をそむけた。

顔《かお》が、耳《みみ》の先《さき》まで熱《あつ》かったから。

帰《かえ》り道《みち》、ふたりで自転車《じてんしゃ》を押《お》して歩《ある》きながら、わたしは早速《さっそく》さっき立花《たちばな》さんから聞《き》いたことを諒太《りょうた》に話《はな》してみた。

「あのさあ、諒太《りょうた》。さっき、立花《たちばな》さんに聞《き》いたんだけど」

「だれ？　立花《たちばな》さんって」

諒太《りょうた》が首《くび》をかしげる。

「知《し》らない？　となり町《まち》から通《かよ》ってる桜泉女子《おうせんじょし》の子《こ》。その子《こ》が言《い》ってたんだけど、諒太《りょうた》、立花《たちばな》さんの友《とも》だちの間《あいだ》で人気《にんき》があるらしいよ。モテモテじゃーん。うれしい？」

にやにや笑《わら》って顔《かお》をのぞきこむと、諒太《りょうた》はぷいっとそっぽをむいた。

「べつに」

「えーっ、ウソだ。実《じつ》は電車通学《でんしゃつうがく》してるときに、ちょっと女子《じょし》の視線意識《しせんいしき》してるんじゃないの～？」

笑《わら》いながら諒太《りょうた》の腕《うで》をこづくと、諒太《りょうた》はおこったような顔《かお》でわたしを見《み》た。

「俺《おれ》がモテたいって思《おも》うのは、鳴尾《なるお》にだけだ。ほかの女子《じょし》なんて、どうでもいいし」

（へっ）

なんで、そんな真剣《しんけん》におこってるのよ。
ただ、からかっただけなのに。
「なによ～。冗談《じょうだん》じゃん」
笑《わら》ってそう言《い》ってみたけど、諒太《りょうた》はふてくされたままだ。
どうやら、機嫌《きげん》を損《そこ》ねてしまったみたい。
(もう、そういうとこが、子《こ》どもっぽいんだよ)
わたしは肩《かた》をすくめて諒太《りょうた》を見《み》た。
時々《ときどき》ムカッとさせられるけど、わたしにとって諒太《りょうた》は、なんだか憎《にく》めない存在《そんざい》だ。
まるで、うちの弟《おとうと》たちみたい。
(だから、諒太《りょうた》とつきあうなんて、考《かんが》えられないよ)
その点《てん》、石崎《いしざき》くんは……。
そこで、はたと考《かんが》えた。
そういえば、わたしって石崎《いしざき》くんのどこがいいって思《おも》ったんだっけ？
初《はじ》めて会《あ》ったときは、とにかく自分《じぶん》より背《せ》が高《たか》い男子《だんし》ってことで胸《むね》がときめいた。

ほかの男子《だんし》たちみたいに、ぎゃあぎゃあうるさくさわいだりしないところが、大人《おとな》っぽくていいなあって思《おも》ったんだっけ。

石崎《いしざき》くんは、もともとあんまりしゃべるタイプじゃないから、塾《じゅく》や学校《がっこう》では必要最低限《ひつようさいていげん》の話《はなし》しかしたことがない。だから、性格《せいかく》もよく知《し》らないし。

（……ってことは、わたし、石崎《いしざき》くんを、見《み》た目《め》で好《す》きになったってこと？）

じゃあ、『かわいい』だけの辻本《つじもと》さんを選《えら》んだ、なんて石崎《いしざき》くんのこと、ちょっとおこってたけど、わたしも人《ひと》のこと言《い》えないじゃん！

よく考《かんが》えたら、最近自分《さいきんじぶん》のことばっかりで、ぜんぜん石崎《いしざき》くんのこと、考《かんが》えてなかった。

それって、好《す》きって言《い》えるのかな？

もしかしたら、遠《とお》くから勝手《かって》に想《おも》いをつのらせていただけで、ただのあこがれだったりして。

（っていうか、そもそも好《す》きってどういう感《かん》じなんだろ？）

「ねっ、ねえ」

わたしはまだふてくされ気味《ぎみ》の諒太《りょうた》に聞《き》いてみた。

「変《へん》なこと聞《き》くけど、諒太《りょうた》はどうしてわたしのこと、好《す》きになったわけ？」

すると諒太《りょうた》はだまってぱちぱちとまばたきをした。

「なんだよ、急《きゅう》に」

「だって、なんでわたしなんだろって、不思議《ふしぎ》だし」

そう言《い》うと、諒太《りょうた》は「ま、いいけど」と言《い》ってから、黒目《くろめ》がちな瞳《ひとみ》で、まっすぐにわたしを見《み》つめた。

「どうしてとか聞《き》かれても、自分《じぶん》でもわかんないよ。鳴尾《なるお》のぜんぶが好《す》きだから、好《す》きなだけ。それじゃだめ？」

急《きゅう》に真面目《まじめ》な顔《かお》でそんなことを言《い》われて、胸《むね》がどきっとする。

「べ、べつに、だめじゃないけどさ」

(そういうこと、面《めん》とむかって言《い》うとか、ありえないんですけど！)

はずかしくなって、あわてて視線《しせん》をそらす。

「よかったあ～」

諒太《りょうた》は、そう言《い》って、またいつものようににこーっと顔《かお》いっぱいで笑《わら》った。

「……あのさあ、諒太《りょうた》って、どうしてそんなはずかしいこと、堂々《どうどう》と口《くち》に出《だ》せるわけ？」

「へっ？　はずかしい？　なにが？」

諒太《りょうた》がきょとんとして聞《き》きかえす。

「だからあ、好《す》きとかそういうの。フツーはなかなか言《い》えないもんでしょ？」

すると諒太《りょうた》は、「だってさ」と言《い》って目《め》をふせた。

「思《おも》ってることは口《くち》に出《だ》さなきゃ伝《つた》わんないじゃん。あのとき言《い》えばよかったって後悔《こうかい》したくないし」

「……そりゃあそうだけどさ」

「だろ～？」

となりを歩《ある》く諒太《りょうた》を見《み》る。

さっきまで不機嫌《ふきげん》そうな顔《かお》をしていたのに、今《いま》はもう機嫌《きげん》がなおったようだ。マウンテンバイクのハンドルを押《お》しながら、鼻歌《はなうた》なんて歌《うた》っている。

(諒太《りょうた》って、変《へん》なやつ)

笑《わら》ったかと思《おも》ったら、急《きゅう》におこるし、おちゃらけてるかと思《おも》ったら、結構真面目《けっこうまじめ》なことを言《い》ったりするし。

塾《じゅく》から家《いえ》までの十五分《ふん》ほどの距離《きょり》。

諒太《りょうた》と話《はなし》をしている間《あいだ》に、いつの間《ま》にかさっきまでのもやもやした気持《きも》ちがどこかに消《き》えていた。

授業《じゅぎょう》を受《う》けていた間《あいだ》は、あんなに家《いえ》に帰《かえ》るのがおっくうだったのに。

(諒太《りょうた》のおかげかな)

心《こころ》のなかで思《おも》ったけど、もちろんそんなこと、口《くち》には出《だ》せなかった。

10 いなくなった弟《おとうと》たち

家《いえ》の前《まえ》で、諒《りょう》太《た》がキッと短《みじか》くブレーキをかけた。

「じゃあ、また来週《らいしゅう》な」

「うん、じゃあね」

そう言《い》ったあと、諒《りょう》太《た》がまゆをひそめた。

「……あれ、おまえんち、なんか暗《くら》くない？」

「へっ？」

そう言《い》われて、ふりかえる。たしかに外灯《がいとう》もついていないし、家《いえ》のなかも真《ま》っ暗《くら》だ。

「……えっ、なんで？」

ガレージにいつも停《と》めてあるお父《とう》さんの車《くるま》もない。仕事《しごと》から帰《かえ》ってきて、どこかに出《で》かけたんだろうか。

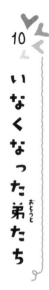

でも、そんなこと聞《き》いてない。

わたしはあわててポケットからカギを取《と》りだすと、家《いえ》のなかへとかけこんだ。

「お母《かあ》さん！」

玄関《げんかん》はもちろん、奥《おく》のリビングまで真《ま》っ暗《くら》で、家《いえ》のなかはシーンとしている。

（どういうこと？）

靴《くつ》を脱《ぬ》いでリビングに入《はい》り、電気《でんき》をつけてみる。

ぱちん
急《きゅう》に明《あか》るくなった室内《しつない》に、目《め》を瞬《またた》かせる。

リビングは、さっき、わたしが家《いえ》を出《で》たときのまんま。野菜《やさい》が入《はい》ったエコバッグが、床《ゆか》に置《お》きっぱなしになっている。

気配《けはい》はまだ残《のこ》っているのに、お母《かあ》さんたちだけがいない。

（……どこ行《い》っちゃったんだろ？）

わたしは玄関《げんかん》にもどってかばんのポケットをさぐった。普段《ふだん》ほとんど使《つか》わないスマホを取《と》りだすと、着信《ちゃくしん》が八件《けん》も入《はい》っていた。

画面《がめん》を開《ひら》くと、ひとつは『自宅《じたく》』から。そのあとは、『お父《とう》さん』からの着信《ちゃくしん》、最後《さいご》は登録《とうろく》していない番号《ばんごう》だけど、多分《たぶん》、啓輝塾《けいきじゅく》からの着信《ちゃくしん》だ。

(なんかあったのかな)

急《きゅう》に不安《ふあん》になって、すぐにお父《とう》さんにかけなおした。

二回《かい》ほど呼《よ》び出《だ》し音《おん》がなったあと、お父《とう》さんが電話口《でんわぐち》に出《で》た。

「もしもし、若葉《わかば》か」

「お父《とう》さん！　どうしたの？　わたし……」

わたしの言葉《ことば》をさえぎって、お父《とう》さんが続《つづ》ける。

「あのな、お母《かあ》さんが、急《きゅう》に入院《にゅういん》することになった」

「えっ」

思《おも》いもよらない言葉《ことば》に、ひゅっと息《いき》をすいこむ。

「切迫流産《せっぱくりゅうざん》かもしれなくて、安静《あんせい》にしとかなきゃ、おなかの赤《あか》ちゃんが死《し》んでしまうんだ」

(おなかの赤《あか》ちゃんが死《し》んでしまう……？)

わたしは急《きゅう》にこわくなって、両手《りょうて》でしっかりとスマホを握《にぎ》った。

「お母《かあ》さん、大丈夫《だいじょうぶ》なの？」

わたしが聞《き》くと、お父《とう》さんは落《お》ちついた声《こえ》で答《こた》えた。

「ああ、今《いま》は落《お》ちついてる。点滴《てんてき》打《う》ってもらって寝《ね》てるよ。お母《かあ》さん、具合《ぐあい》が悪《わる》くなってからは、ずっと横《よこ》になってたみたいだから、さいわい、症状《しょうじょう》は軽《かる》いようだ。安心《あんしん》しろ」

「よかったあ……」

はあっと息《いき》をはく。

そっか、お母《かあ》さんが最近《さいきん》ずっとごろごろしていたのは、自分《じぶん》でも体調《たいちょう》が悪《わる》いってわかってたからだったんだ。

(それなのに、わたし、ひどいこと言《い》っちゃった)

自分《じぶん》が情《なさ》けなくて、泣《な》きそうになる。

「悪《わる》いな、若葉《わかば》。お父《とう》さん、まだもうちょっと病院《びょういん》にいていろいろ手続《てつづ》きしなきゃいけないんだ。今《いま》、家《いえ》か？」

「うん、塾《じゅく》から帰《かえ》ったとこ」

「ノゾムたち、ちゃんと留守番《るすばん》してるか」

「……えっ」

わたしはスマホを持《も》ちかえた。

「ノゾムたち、お父《とう》さんといっしょじゃないの？」

「いっしょのわけないだろ。来《く》るって言《い》ってたけど、病院《びょういん》でさわがれるとほかの患者《かんじゃ》さんにめいわくだから、家《いえ》にいろって置《お》いてきたんだ。おねえちゃんがもうすぐ帰《かえ》るからって言《い》ったら、わかったって言《い》って、内側《うちがわ》からカギもしめてたぞ。三十分《さんじゅっぷん》くらい前《まえ》だ」

「ウソ。いないよ」

わたしは玄関《げんかん》に目《め》を落《お》とした。

お母《かあ》さんのつっかけに、わたしのスニーカー、お父《とう》さんの仕事用《しごとよう》の靴《くつ》が散《ち》らばっているけれど、ノゾムたちの靴《くつ》はない。

「ウソだろ。ちゃんと留守番《るすばん》しとくって約束《やくそく》したのに」

スマホのむこうで、お父《とう》さんがため息《いき》をつく。

「もしかしたら、お父《とう》さんたちのあとを追《お》いかけてったのかな。わたし、家《いえ》のまわり、さがしてみるよ！」

「ああ、頼《たの》む。見《み》つかったら、連絡《れんらく》してくれ」

わたしは電話《でんわ》を切《き》って、スニーカーに足《あし》を突《つ》っこんだ。

（もう、ノゾムってば、アユムたち連《つ》れて、どこ行《い》っちゃったのよ！）

もしかしたら、わたしを呼《よ》びに塾《じゅく》に行《い》ったのかな。

どこかですれちがったのかもしれない。

玄関横《げんかんよこ》の自転車置《じてんしゃお》き場《ば》には、ノゾムの自転車《じてんしゃ》、それにアユムとススムの補助輪付《ほじょりんつ》き自転《じてん》車《しゃ》が置《お》いてある。

どうやら、歩《ある》いてでかけたようだ。

（とにかく、さがさなきゃ……！）

門《もん》から出《で》て行《い》こうとしたら、家《いえ》の前《まえ》にまだ諒太《りょうた》が立《た》っていた。

「なんかあった？」

諒太《りょうた》が心配《しんぱい》そうな顔《かお》でわたしの顔《かお》をのぞきこむ。

「あのね……！」

諒太《りょうた》に言《い》おうかと思《おも》ったけど、言《い》えばきっといっしょにさがすって言《い》いだすだろう。

きゅっとくちびるをかむ。

これはわたしの家《いえ》の問題《もんだい》だ。

諒太《りょうた》を巻《ま》きこむわけにはいかない。

「なんでもないよ。ちょっとでかけなきゃいけないし、じゃあ、また来週《らいしゅう》ね」

そう言《い》って、自転車《じてんしゃ》をこぎだそうとしたら、とっさに腕《うで》をつかまれた。

「なんだよ。なんでもないってこと、ないだろ？　おまえのお母《かあ》さん、なんかあったんじゃねえの？」

わたしは、作《つく》り笑《わら》いをして首《くび》をふった。

「ちょっと具合悪《ぐあいわる》くて入院《にゅういん》したみたい。でも、お父《とう》さんがついてるから、大丈夫《だいじょうぶ》」

「ウソつけ。そんで弟《おとうと》たちがいなくなったんだろ？　おまえが電話《でんわ》でしゃべってる内容《ないよう》、ぜんぶ聞《き》こえてたんだよ」

諒太《りょうた》はそう言《い》うと、手《て》に力《ちから》をこめた。

「おまえ、今《いま》から弟《おとうと》たち、さがしに行《い》くつもりなんだろ？　ひとりでなんでもやろうとすんなよ！」

わたしが口《くち》をつぐむと、諒太《りょうた》は腕《うで》をはなした。

「俺《おれ》もいっしょにさがすよ。ひとりよりふたりのほうがいいだろ」

そう言《い》って、壁《かべ》に立《た》てかけていたマウンテンバイクにまたがった。

「……諒太《りょうた》」

ホントは、心細《こころぼそ》い思《おも》いでいっぱいだった。

だけど、頼《たよ》っちゃいけないって自分《じぶん》で心《こころ》にブレーキをかけていた。

諒太《りょうた》もいっしょにさがしてくれるって思《おも》ったらホッとして、なんだか泣《な》きそうになる。

わたしは、あわてて顔《かお》をそむけた。

「じゃあ、わたしは駅前《えきまえ》のほう行《い》くから、諒太《りょうた》は小学校《しょうがっこう》のほうさがしてくれる？　弟《おとうと》は三人《にん》。小学《しょうがく》二年生《ねんせい》と幼稚園《ようちえん》の年中《ねんちゅう》の双子《ふたご》なの。下《した》のふたりはおそろいの服着《ふくき》てるから、すぐわかると思《おも》う。あ、そうだ」

わたしは、早口《はやくち》で自分《じぶん》の電話番号《でんわばんごう》を諒太《りょうた》に伝《つた》えた。

「見《み》つけたら、電話《でんわ》してくれる？　あと念《ねん》のため、アドレス、これ」

自分《じぶん》のアドレスが表示《ひょうじ》された画面《がめん》を諒太《りょうた》に見《み》せる。

「わかった、じゃあ、俺《おれ》も」

諒《りょう》太《た》が素《す》早《ばや》く番《ばん》号《ごう》を登《とう》録《ろく》して、すぐにわたしのスマホに諒《りょう》太《た》の番《ばん》号《ごう》とアドレスを送《おく》ってきた。わたしもすぐに『諒《りょう》太《た》』と登《とう》録《ろく》をする。

「わたしも、見《み》つけたら連《れん》絡《らく》するね」

諒《りょう》太《た》が、腕《うで》時《ど》計《けい》を見《み》た。

「九《く》時《じ》半《はん》かあ……。行《い》く当《あ》てもなくさがしまわってもしょうがねえし、とりあえず十《じゅう》時《じ》までさがすことにして、それまでに見《み》つからなかったら、いったん鳴《なる》尾《お》んちにもどって相《そう》談《だん》しようぜ」

「……うん」

わたしがくちびるをかみしめてうなずくと、ぽんと諒《りょう》太《た》がわたしの頭《あたま》の上《うえ》に手《て》を乗《の》せた。

「そんな顔《かお》すんなって。大《だい》丈《じょう》夫《ぶ》。ぜったい、見《み》つかるよ」

諒《りょう》太《た》が、顔《かお》いっぱいで笑《わら》う。

わたしはそのあたたかい手《て》のぬくもりを頭《あたま》に感《かん》じながら、うんと大《おお》きくうなずいた。

11 わが家《や》のカタチ

いつもノゾムが友《とも》だちと遊《あそ》んでいるつつじ台公園《だいこうえん》。

駅前通《えきまえどお》り、それから啓輝塾《けいきじゅく》。

駅前商店街《えきまえしょうてんがい》のレンタルショップや、書店《しょてん》、コンビニものぞいてみた。

だけど、やっぱりノゾムたちの姿《すがた》はない。

（自転車《じてんしゃ》じゃないし、そんな遠《とお》くには行《い》っていないはずなんだけど）

スマホを見《み》ても、お父《とう》さんからも諒太《りょうた》からも連絡《れんらく》はない。

（もう、どこ行《い》っちゃったんだろう？）

もうすぐ諒太《りょうた》と約束《やくそく》した十時《じゅうじ》になる。

こんな時間《じかん》まで帰《かえ》ってこないって、もしかしたら、事故《じこ》かなにかに巻《ま》きこまれたのかも。

でも、それなら連絡《れんらく》が入《はい》るはず。

ううん、三人《にん》まとめて車《くるま》に押《お》しこまれて誘拐《ゆうかい》されたとか？

よくない想像《そうぞう》ばかりしてしまう。

そのとき、

ブルルルル

ポケットのなかでスマホがふるえた。

画面《がめん》を見《み》ると、『諒太《りょうた》』と表示《ひょうじ》されている。

焦《あせ》る気持《きも》ちで、電話《でんわ》に出《で》る。

「諒太《りょうた》！　いた？」

「……あのさ、まだ見《み》つかってないんだけど」

電話《でんわ》のむこうから、諒太《りょうた》のくぐもった声《こえ》が聞《き》こえる。

「けど、なに？」

「今《いま》、おまえんちの前通《まえとお》ったら、なんか、電気《でんき》ついてんだけど」

「はっ？　なんで？　お父《とう》さん、もどってきたのかな？　車《くるま》、停《と》まってる？」

「ううん、車《くるま》はないけど……。なんか、家《いえ》のなかから子《こ》どもの声《こえ》が聞《き》こえてる」

「ウソ……！　すぐ行《い》く」

わたしは電話《でんわ》を切《き》って、急《いそ》いでペダルをこいで家《いえ》にむかった。


「鳴尾《なるお》！」

全速力《ぜんそくりょく》でもどると、家《いえ》の前《まえ》に立《た》っていた諒太《りょうた》が手《て》をあげた。

「俺《おれ》、小学校《しょうがっこう》とか幼稚園《ようちえん》とか、あとコンビニのほうにさがしにいったんだけど、早《はや》めに鳴《なる》尾《お》んちにもどったら、なんか電気《でんき》がついてて。……ほら」

諒太《りょうた》が指《ゆび》さす方向《ほうこう》を見《み》ると、たしかにリビングに電気《でんき》がついている。

（え、さっき、家《いえ》にもどったときに、つけっぱなしにしたっけ？）

急《いそ》いで自転車《じてんしゃ》のスタンドを立《た》て、玄関《げんかん》のカギをあけてなかに入《はい》ったけど、やっぱりノゾムたちの靴《くつ》はない。

でも、リビングからは、たしかにノゾムたちの話《はな》し声《ごえ》が聞《き》こえた。

「ノゾム！」

リビングのドアをあけると、パジャマに着《き》がえた三人《にん》が、口《くち》をぽかんとあけた状態《じょうたい》でいっせいにふりかえった。

「おねえちゃん、どこ行《い》ってたの？」

「おそかったねえ」

アユムとススムが、のんびりたずねる。

「どこ行《い》ってたじゃないよ！　あんたたちでしょ、いなかったのは。いったい、今《いま》までどこ行《い》ってたの！」

大声《おおごえ》で怒鳴《どな》りつけると、三人《にん》は顔《かお》を見合《みあ》わせてから、目《め》を真《ま》ん丸《まる》にしてわたしを見《み》た。

「ずうっと家《いえ》にいたけど」

「ねえ？」

（いまさらそんなウソついて！）

わたしはムキになって問《と》いつめた。

「ウソついちゃだめだよっ！　さっき、おねえちゃんが塾《じゅく》から帰《かえ》ってきたら、家《いえ》のなか、真《ま》っ暗《くら》だったじゃないの！　カギもかかってたし、靴《くつ》もなかったし」

わたしが言《い》うと、三人《にん》はまた顔《かお》を見合《みあ》わせた。

「靴《くつ》、あっち」

「は？」

ノゾムたちが指《ゆび》さすほうを見《み》る。

そこは、裏庭《うらにわ》に面《めん》したガラス戸《ど》だった。

「お洗濯物《せんたくもの》、まだ干《ほ》してあったから、三人《にん》で入《い》れたんだよ」

ノゾムが、じまんげに鼻《はな》の穴《あな》をふくらませる。

「はあ〜〜〜っ？」

わたしは立《た》ち上《あ》がって、ガラス戸《ど》をあけた。するとたしかに、そこにはノゾムたちの靴《くつ》が散《ち》らばっていた。

「それでね、おねえちゃんが塾《じゅく》に行《い》ってる間《あいだ》に、三人《にん》でお風呂《ふろ》そうじして、お湯《ゆ》を入《い》れるスイッチも入《い》れたの」

「すごいでしょ！」

アユムとススムも、胸《むね》を張《は》る。

「じゃ、じゃあ、なんで家《いえ》じゅうの電気《でんき》消《け》して、真《ま》っ暗《くら》にしてたの？」

わたしが聞《き》いたら、ノゾムがもじもじしながら言《い》った。

「だっておねえちゃん、いっつも『電気《でんき》と水道《すいどう》のムダ使《づか》いはしちゃだめ』って言《い》ってたから……」

わたしはがっくり肩《かた》を落《お》とした。

わが家《や》のお風呂場《ふろば》は、廊下《ろうか》の奥《おく》にある。

きっと、わたしはノゾムたちがお風呂《ふろ》に入《はい》っていたときに家《いえ》に帰《かえ》ってきたんだろう。

だけど、お風呂場《ふろば》のドアには窓《まど》がついていないから、なかで電気《でんき》をつけていても、気《き》がつかなかったんだ。

へなへなとその場《ば》に座《すわ》りこむ。

あれだけさがしまわったのに、ノゾムたちはずうっと家《いえ》にいたってこと？

あんなに心配《しんぱい》したのに〜〜〜っ！

「おねえちゃん、ごめんなさい」

ノゾムがしょんぼりして謝《あやま》ると、アユムたちもそれに続《つづ》いた。

「おねえちゃあん」

「ごめんなさい」

ノゾムたちが悪《わる》いわけじゃない。

だから、謝《あやま》る必要《ひつよう》なんてないんだけど、わたしはすっかり脱力《だつりょく》してしまった。

「あのさあ」

そう言《い》いかけて、はっとした。

リビングのすみに、洗濯物《せんたくもの》がつみあげてある。

「……あの洗濯物《せんたくもの》、ノゾムたちがたたんでくれたの？」

わたしが聞《き》くと、ノゾムがぱあっと笑顔《えがお》になった。

「うん！　三人《にん》でたたんだんだよ」

おだんごみたいなたたみ方《かた》だけど、たしかにわたしの体操服《たいそうふく》、お母《かあ》さんのＴ《ティー》シャツ、ノゾムたちの服《ふく》ときちんと仕分《しわ》けされている。

それを見《み》たとたん、じわあっと涙《なみだ》がこみあげてきた。

「……そっか、えらかったね」

わたしは両手《りょうて》を広《ひろ》げて、三人《にん》をぎゅうっと抱《だ》きしめた。

「なーに、おねえちゃん」

「痛《いた》いってばあ」

アユムたちはそう言《い》いながらも、うれしそうに身《み》をよじる。

「あれ、おねえちゃん、どうして泣《な》いてるの？」

ノゾムに聞《き》かれて、わたしはますます三人《にん》をぎゅうっと抱《だ》きしめた。

「さっ、もう遅《おそ》いから、寝《ね》なきゃね」

立《た》ち上《あ》がろうとして、はっとした。

そうだ。

諒太《りょうた》のこと、すっかり忘《わす》れてた！

急《いそ》いであけっ放《ぱな》しになっていた玄関《げんかん》を飛《と》びだしたけど、もうそこに諒太《りょうた》の姿《すがた》はなかった。

(まずい。ほったらかしにしてたから、帰《かえ》っちゃったのかあ)

いっしょにノゾムたちをさがしてくれたのに、悪《わる》いことしちゃったな。

そう思《おも》っていたら、ポケットのなかでスマホがふるえた。

すぐに取《と》りだすと、諒太《りょうた》からメッセージが届《とど》いていた。

『よかったな』
そっけなく、一言《ひとこと》だけ書《か》いてある。
わたしはすぐに返事《へんじ》を打《う》った。
『お礼言《れいい》おうと思《おも》ったのに』
諒太《りょうた》から、また返事《へんじ》がきた。
『俺《おれ》がいないほうがいいかなって思《おも》ったから』
(なによ。諒太《りょうた》らしくないな。べつに、そんなことないのに)
面《めん》とむかってならはずかしくて言《い》えそうにないけど、スマホを通《つう》じてなら言《い》えるかも。
『諒太《りょうた》がいてくれてよかった』
一度《ど》そう書《か》いてみたけど、やっぱりはずかしくなって書《か》きなおす。
『今日《きょう》はありがとう』
すると、諒太《りょうた》から、すぐにパンダがおやすみと言《い》っているスタンプが返《かえ》ってきた。
黒目《くろめ》がちな瞳《ひとみ》が、ちょっと諒太《りょうた》に似《に》ている。
わたしも、同《おな》じスタンプを送《おく》りかえすと、『既読《きどく》』のしるしがついた。

諒太
おやすみ

それを見《み》て、ふっと笑《わら》う。

スマホでメッセージのやり取《と》りなんて、めんどくさい。

ずっとそう思《おも》ってたけど、やってみると結構楽《けっこうたの》しいかも。

「おねえちゃーん、もうはみがきしていい？」

家《いえ》のなかからノゾムの声《こえ》がした。

「いいよー」

わたしはスマホをポケットのなかに押《お》しこんで、玄関《げんかん》のドアを閉《し》めた。


その週《しゅう》の日曜日《にちようび》、お母《かあ》さんは無事退院《ぶじたいいん》した。

少量《しょうりょう》の出血《しゅっけつ》があったので、切迫流産《せっぱくりゅうざん》がうたがわれたけれど、きちんと検査《けんさ》をした結果《けっか》、しばらく家《いえ》で安静《あんせい》にしていれば大丈夫《だいじょうぶ》なんだって。

お父《とう》さんに付《つ》きそわれてお母《かあ》さんが帰《かえ》ってきたとたん、待《ま》ちわびていたノゾムたちはお母《かあ》さんを取《と》り囲《かこ》むようにして、ここ数日《すうじつ》の報告《ほうこく》をはじめた。

「おかあさん、あのねえ、アユねえ」

「ずるいぞ、それ、スーが言《い》うやつ！」

双子《ふたご》の弟《おとうと》たちが、われ先《さき》にとしゃべりだす。

「おい、お兄《にい》ちゃんが言《い》うから、だまってろ！」

そう言《い》うノゾムの声《こえ》が一番《いちばん》うるさい。

「あー、もう、おまえらホントうるさいなあ。お母《かあ》さん、まだ無理《むり》したらだめなんだから、静《しず》かにしろっ」

お父《とう》さんが注意《ちゅうい》しても、三人《にん》とも聞《き》いていない。

(あ〜あ、もう。ノゾムたちがかしこかったのは、あのときだけだな)

お母《かあ》さんを中心《ちゅうしん》に、ぎゃあぎゃあさわぎ立《た》てる弟《おとうと》たちをあきれたように見《み》る。

『にぎやかでいいね』

前《まえ》に、スーパーで会《あ》ったときに辻本《つじもと》さんが言《い》ってくれた言葉《ことば》。

たしかにわが家《や》は、このにぎやかさがいいのかもしれないな。

そう思《おも》っていたら、

「若葉《わかば》」

ふいに、お母《かあ》さんに声《こえ》をかけられた。

「なに？」

わたしが立《た》ち上《あ》がってそばに行《い》くと、お母《かあ》さんは申《もう》し訳《わけ》なさそうに肩《かた》をすくめた。

「留守《るす》の間《あいだ》、いろいろ大変《たいへん》だったでしょ。いつもごめんね」

わたしはううんと首《くび》をふって笑《わら》った。

「大丈夫《だいじょうぶ》だよ。だって、わたし、〝おねえちゃん〟だし」

するとお母《かあ》さんは、ちょっとだけ目《め》をうるませて、

「ありがとう」

ふわっと子《こ》どもみたいな顔《かお》で笑《わら》った。

12 手《て》作《づく》りのクッキー

「じゃあね、お先《さき》！」

今日《きょう》は火曜日《かようび》。

弟《おとうと》たちの家出未遂事件《いえでみすいじけん》（？）があってから、初《はじ》めての塾《じゅく》の日《ひ》だ。

わたしはみんなより早《はや》く部室《ぶしつ》を出《で》て、校門《こうもん》にむかってかけだした。

今日《きょう》は早《はや》めに塾《じゅく》に行《い》って、諒太《りょうた》にあの『事件《じけん》』の顚末《てんまつ》をきちんと伝《つた》えよう。

そう思《おも》ったのだ。

ホントは、スマホのメッセージで報告《ほうこく》してもよかったんだけど、やっぱりちゃんと顔《かお》を見《み》て伝《つた》えたい。

（それに、あれもわたしたいし）

実《じつ》はこの間《あいだ》のお礼《れい》に、生《う》まれて初《はじ》めてクッキーを焼《や》いてみた。

お母《かあ》さんはまだ横《よこ》になったままだし、家《いえ》にあるレシピはあんまりいいのがなかったから、まいまいに相談《そうだん》したら、とっておきのレシピを教《おし》えてくれた。

辻本《つじもと》さんから教《おし》えてもらった『女子力高《じょしりょくたか》め』のレシピなんだそうだ。

さっそく作《つく》ってみたけど、すっごくかんたんなのに、すっごくおいしくできた。焼《や》きあがったとたん、ノゾムたちがたくさん欲《ほ》しがって困《こま》ったくらいだ。

かわいくラッピングしてみたら、お店《みせ》に売《う》ってるクッキーみたいになった。

(諒太《りょうた》、あれわたしたら、どんな顔《かお》するかな)

走《はし》りながら、ひとりでふふっと笑《わら》う。


校門《こうもん》を出《で》て坂道《さかみち》を下《くだ》る途中《とちゅう》、部活帰《ぶかつがえ》りのほかの子《こ》たちにまじって、前《まえ》を歩《ある》く石崎《いしざき》くんと辻本《つじもと》さんのうしろすがたが見《み》えた。

(あ、そうだ。辻本《つじもと》さんにレシピのお礼言《れいい》おうっと)

声《こえ》をかけようとそばまで近《ちか》づいたとき、ふいにふたりの会話《かいわ》が聞《き》こえた。

「……智哉《ともや》くんが……」

「莉緒《りお》ちゃんの……」

（……ん？）

思《おも》わず、立《た》ちどまる。

石崎《いしざき》くんと辻本《つじもと》さん、おたがいのこと、名前《なまえ》で呼《よ》びあってるんだ！

すごーい、ホントに少女《しょうじょ》まんがみたい！

（……ま、つきあってるんだから、おどろくことでもないか）

でも、いかにもカップルって感《かん》じで、うらやましすぎる！

「辻本《つじもと》さん」

声《こえ》をかけると、辻本《つじもと》さんがはじかれたようにふりかえった。

「あ、鳴尾《なるお》さん」

石崎《いしざき》くんもいっしょになってふりかえる。

「まいまいから聞《き》いたと思《おも》うんだけど、わたしも辻本《つじもと》さんのクッキーのレシピ、教《おし》えてもらったの。すっごくおいしくできたよ。弟《おとうと》たちも喜《よろこ》んでた。ありがとう」

すると、辻本《つじもと》さんは大《おお》きな瞳《ひとみ》をきらきらさせて、とってもうれしそうにほほえんだ。

「ううん、わたしで役《やく》に立《た》ててよかった。わざわざありがとう」

そばで、石崎《いしざき》くんもほほえんでいる。

「じゃあ、わたし、先《さき》に行《い》くね。石崎《いしざき》くん、またあとで。辻本《つじもと》さん、ばいばい」

すると、辻本《つじもと》さんは顔《かお》をくしゃくしゃにして、「ばいばい」と手《て》をふりかえしてくれた。

「また塾《じゅく》でね」

そのとなりで、石崎《いしざき》くんも笑顔《えがお》で右手《みぎて》をあげている。

首《くび》をすくめるようにしてふたりにあいさつをすると、背中《せなか》をむけて坂道《さかみち》を下《お》りていく。

大通《おおどお》りの交差点《こうさてん》で信号待《しんごうま》ちをしながら、まだおしゃべりしているふたりのほうをふりかえる。

前《まえ》にふたりを見《み》かけたとき、あんなに胸《むね》が痛《いた》んだのがウソみたい。

むしろ、お似合《にあ》いのふたりだなあって心《こころ》から思《おも》う。

(そうだ。このことも、諒太《りょうた》に報告《ほうこく》しようっと)

一度家《いえ》にもどってから軽《かる》くごはんを食《た》べて、家《いえ》を出《で》た。

この間《あいだ》のことがあってから、塾《じゅく》へ行《い》く前《まえ》のごはんは、自分《じぶん》で用意《ようい》することにした。納豆《なっとう》ごはんとか、レトルトカレーとか、かんたんに食《た》べられるものだ。

だけどそれだけだとおなかがすくから、家《いえ》に帰《かえ》ってからゆっくりお母《かあ》さんが作《つく》った晩《ばん》ごはんを食《た》べることにした。

時間《じかん》にしばられなければ、お母《かあ》さんも自分《じぶん》の体調《たいちょう》に合《あ》わせて家《いえ》の用事《ようじ》ができるから、そうしようってふたりで決《き》めたのだ。

塾《じゅく》がない日《ひ》は、わたしもノゾムたちといっしょに買《か》い物《もの》に行《い》ったり、洗濯物《せんたくもの》をたたんだりと協力《きょうりょく》することにした。

いつまで続《つづ》くかわからないけれど、できるかぎりやるつもり。

自分《じぶん》だけがソンをしてるって考《かんが》え方《かた》はよくないなって気《き》がついたから。

(あっ、そうだ)

わたしはポケットからリップクリームを取《と》りだして、くちびるに塗《ぬ》りつけた。

そっと指《ゆび》でさわってみる。

うん、大丈夫《だいじょうぶ》。もう、ガサガサしてない！

かばんを自転車《じてんしゃ》のかごに入《い》れて、いつものように塾《じゅく》にむかう。

クッキーの入《はい》った小《ちい》さな紙袋《かみぶくろ》は、中身《なかみ》がこわれないようにハンドルにぶらさげておくことにした。

塾《じゅく》の駐輪場前《ちゅうりんじょうまえ》に立《た》ち、諒太《りょうた》が来《く》るのを待《ま》つ。

諒太《りょうた》はいつも同《おな》じ時間《じかん》の電車《でんしゃ》で帰《かえ》ってくる。

だから毎回塾《まいかいじゅく》のときは、ほぼ同《おな》じ時間《じかん》に来《く》るのだ。

（そろそろかな）

大通《おおどお》りのほうを見《み》るけど、まだ諒太《りょうた》の姿《すがた》は見《み》えない。

何気《なにげ》なく駐輪場《ちゅうりんじょう》の奥《おく》を見《み》て、あれっと目《め》をとめる。

いつも停《と》めてある場所《ばしょ》に、諒太《りょうた》のマウンテンバイクがない。

（……おかしいな）

今日《きょう》は、学校《がっこう》を休《やす》んだんだろうか。

でも、諒太《りょうた》は小学校時代《しょうがっこうじだい》、学年《がくねん》でただひとり皆勤賞《かいきんしょう》をもらっていたくらい丈夫《じょうぶ》で、自分《じぶん》でも『俺《おれ》、風邪《かぜ》ひいたことないんだー』なんて自慢《じまん》してたくらいなのに。
しばらくすると、次々《つぎつぎ》塾生《じゅくせい》の子《こ》たちが自転車《じてんしゃ》で乗《の》りつけてきた。
なのに、諒太《りょうた》はなかなか来《こ》ない。
(遅《おそ》いなあ……。もう、塾《じゅく》、始《はじ》まっちゃうよ)
時計《とけい》を見《み》ると、あと五分《ふん》で授業《じゅぎょう》が始《はじ》まる。
そろそろわたしも教室《きょうしつ》に入《はい》らないと。
わたしはスマホを取《と》りだしてすばやくメッセージを送《おく》った。
『諒太《りょうた》、今日塾《きょうじゅく》でしょ？　まだ来《こ》ないの？』
しばらく画面《がめん》を見《み》ていたけど、既読《きどく》がつかない。
(どうしたんだろう)
どんどん不安《ふあん》になってきた。スマホをぎゅうっとにぎりしめる。
「あれっ、鳴尾《なるお》さん」
ふいに声《こえ》をかけられて、はじかれたように顔《かお》をあげる。
家《いえ》に帰《かえ》って一度着《どき》がえてきたのか、私服姿《しふくすがた》の石崎《いしざき》くんが、あわてたようにかけてきた。

「まだなかに入《はい》らないの？」

「……あ、うん」

どうしようかと迷《まよ》っていたら、自転車《じてんしゃ》を整理《せいり》していた先生《せんせい》が、わたしたちに声《こえ》をかけてきた。

「ほら、早《はや》く入《はい》らないと、授業始《じゅぎょうはじ》まるよ」

「あの先生《せんせい》、今日《きょう》、諒太《りょうた》、休《やす》みですか？」

わたしが聞《き》くと、先生《せんせい》は不思議《ふしぎ》そうに首《くび》をかしげた。

「え？　諒太《りょうた》？　うーん、ぼくは聞《き》いてないけどねえ。ともかく、急《いそ》いでなかに入《はい》って」

先生《せんせい》に背中《せなか》を押《お》され、しかたなしに教室《きょうしつ》に入《はい》ることにした。

(諒太《りょうた》、いったい、どうしちゃったの……？)

13 ホントの想《おも》い

もしかして、教室《きょうしつ》にいるのかと淡《あわ》い期待《きたい》をしたけれど、やっぱり諒太《りょうた》は来《き》ていなかった。

（やっぱり、病気《びょうき》なのかな）

諒太《りょうた》の家《いえ》の近《ちか》くに住《す》んでいる広瀬《ひろせ》なら、なにか知《し》っているかもしれない。そう思《おも》って、小声《こごえ》で聞《き》いてみた。

「ねえ、諒太《りょうた》、今日休《きょうやす》み？」

すると広瀬《ひろせ》は、「さあ？」と首《くび》をかしげた。

「駐輪場《ちゅうりんじょう》に、マウンテンバイクもなかったんだよ。学校《がっこう》に行《い》くときは、いつもここに停《と》めていくはずなのに」

わたしが言《い》うと、

「もしかして諒太《りょうた》のやつ、とうとう、塾《じゅく》、やめさせられたんじゃね？」

広瀬《ひろせ》のとなりから坂田《さかた》が口《くち》をはさんできた。

「えっ、どういうこと？」

わけがわからず聞《き》きかえす。

「だって、諒太《りようた》の母《かあ》ちゃん、啓輝塾《けいきじゆく》をやめさせたがってるって、うちの母《かあ》ちゃんが言《い》ってたし」

「な、なんで？」

「そりゃあ聰明《そうめい》に行《い》ってたら、わざわざこんな塾来《じゆくく》る必要《ひつよう》ねえじゃん。高校《こうこう》だってそのまま上《あ》がれるのに」

ふたりの話《はなし》を聞《き》いても、どういうことかよくわからない。

「そんなの、前《まえ》からわかってたことじゃない。それがどうして急《きゆう》にやめさせられることになるの？」

「だーかーらー」

広瀬《ひろせ》と坂田《さかた》の話《はなし》はこうだ。

諒太《りようた》はそもそも、聰明《そうめい》ではなく、わたしたちと同《おな》じつつじ台中学《だいちゆうがく》に行《い》きたいと思《おも》っていたのだそうだ。

聡明《そうめい》に行《い》くと、通学時間《つうがくじかん》が長《なが》すぎて競泳《きょうえい》を続《つづ》けることができないし、友《とも》だちと同《おな》じ中学《ちゅうがく》に行《い》きたいからって言《い》って。

だけど、親《おや》に泣《な》きつかれて、しぶしぶ聡明《そうめい》を受験《じゅけん》することにしたらしい。ひとりっ子《こ》の諒太《りょうた》は、親《おや》の頼《たの》みをどうしても断《ことわ》れなかったそうだ。

そのかわり、諒太《りょうた》は親《おや》に交換条件《こうかんじょうけん》を出《だ》した。

この、啓輝塾《けいきじゅく》だけはやめたくないって。

「な、なのにどうしてやめることになったの？」

わたしの質問《しつもん》に、広瀬《ひろせ》が答《こた》える。

「なんか、この間《あいだ》の中間《ちゅうかん》の結果《けっか》が悪《わる》かったんだって。それでやっぱり塾《じゅく》をやめさせて、家《か》庭教師《ていきょうし》をつけるって、諒太《りょうた》の母《かあ》ちゃんおこってたらしい」

「っていっても、天下《てんか》の聡明《そうめい》だぜ？　今《いま》までみたいな点数《てんすう》とれるわけねーのにさ」

「……ウソ。そんなこと、諒太《りょうた》、今《いま》まで一言《ひとこと》も言《い》ってなかったよ？」

わたしが言《い》うと、広瀬《ひろせ》と坂田《さかた》は顔《かお》を見合《みあ》わせた。

「俺《おれ》らも、本人《ほんにん》からは聞《き》いてないよ」

「どっちも、それぞれの母《かあ》ちゃんたちから聞《き》いたことだもんな」

(そうだったんだ……)

わたしは、前《まえ》にどうして競泳《きょうえい》をやめたのか聞《き》いたときの諒太《りょうた》の言葉《ことば》を思《おも》いだした。

『もういいんだって。泳《およ》ぐの、あきちゃったし』

今《いま》の広瀬《ひろせ》たちの話《はなし》を聞《き》くと、ホントは、諒太《りょうた》だって競泳《きょうえい》をやめたくなかったのかもしれない。

なのに、あのとき、諒太《りょうた》はどんな気持《きも》ちで答《こた》えていたんだろう?

「じゃ、じゃあ、諒太《りょうた》、塾《じゅく》、やめさせられちゃったってこと?」

わたしが聞《き》くと、広瀬《ひろせ》は声《こえ》を潜《ひそ》めた。

「そんなこと、わかんねえよ。でも、来《き》てねえってことは、そういうことじゃねえの?」

(そんな……!)

「はーい、おしゃべりはやめろー。授業《じゅぎょう》はじめるぞ」

先生《せんせい》が、教室《きょうしつ》に入《はい》ってきた。

とたんに席《せき》を立《た》っていた子《こ》たちも、急《いそ》いで自分《じぶん》の席《せき》へもどっていく。

広瀬《ひろせ》と坂田《さかた》も、この話《はなし》はおしまいとばかりに、前《まえ》をむいてしまった。

「あれっ、今日《きょう》は結構《けっこう》休《やす》み、多《おお》いな。みんな風邪《かぜ》でもひいたかな」

先生《せんせい》は、特《とく》に気《き》にすることもなく、授業《じゅぎょう》をはじめた。


わたしは机《つくえ》のかげに隠《かく》れてこっそりスマホの画面《がめん》を見《み》た。

諒太《りょうた》へ送《おく》ったメッセージは、まだ既読《きどく》になっていない。

(諒太《りょうた》、ホントに塾《じゅく》、やめちゃうの?)

この間《あいだ》、弟《おとうと》たちをいっしょにさがしまわっていたときだって、そんなこと、一言《ひとこと》も言《い》ってなかったのに……!

そこで、はっとした。

『俺《おれ》がいないほうがいいかなって思《おも》ったから』

そういえばあのとき、諒太《りょうた》から来《き》たメッセージ。

なんだかいつもと様子《ようす》がちがうなって思《おも》ったんだ。

もしかして諒太《りょうた》、もうあのときは塾《じゅく》をやめなきゃいけないってわかってたんじゃ……！

よく考《かんが》えたら、わたしと諒太《りょうた》は学校《がっこう》がちがうんだから、塾《じゅく》でしか会《あ》うことができない。

もしも諒太《りょうた》が塾《じゅく》をやめてしまったら、約束《やくそく》をしないかぎり、もう会《あ》えなくなってしまう。

『鳴尾《なるお》、俺《おれ》とつきあおうぜ！』

いつもあいさつみたいにしてきた告白《こくはく》。

マウンテンバイクを押《お》しながら、顔《かお》いっぱいで笑《わら》う諒太《りょうた》。

『そんな顔《かお》すんなって』

そう言《い》って、わたしの頭《あたま》をなでた意外《いがい》と大《おお》きな手《て》のひら。

思《おも》いだすたびに、胸《むね》の奥《おく》がきゅうっと締《し》めつけられる。

もう、諒太《りょうた》と会《あ》えなくなっちゃうの？

そんなの、ぜったいにいやだ！

わたしは授業《じゅぎょう》の内容《ないよう》なんてまったく頭《あたま》に入《はい》らないまま、いつも諒太《りょうた》が座《すわ》っている席《せき》を見《み》つめた。

「以上《いじょう》で、今日《きょう》の授業《じゅぎょう》は終《お》わり」

先生《せんせい》の言葉《ことば》に、はっと顔《かお》をあげた。

(あ、もう授業《じゅぎょう》、終《お》わっちゃったんだ)

ぼんやりしていて、ほとんど聞《き》いていなかった。

肩《かた》を落《お》として、テキストをかばんに入《い》れる。

(せっかく、諒太《りょうた》にわたそうと思《おも》ったのにな)

机《つくえ》の横《よこ》にかけておいた紙袋《かみぶくろ》の中身《なかみ》を見《み》る。

がんばってかわいくラッピングだってしたのに。

『思《おも》ってることは口《くち》に出《だ》さなきゃ伝《つた》わんないじゃん。あのとき言《い》えばよかったって後悔《こうかい》したくないし』

前《まえ》に、諒太《りょうた》が言《い》ってた言葉《ことば》。

本当《ほんとう》だ。

わたしはいつだって、自分《じぶん》の思《おも》いを口《くち》に出《だ》すのをこわがっていた。

だけど、ちゃんと伝《つた》える努力《どりょく》をしなきゃいけなかったんだ。

はあっと机《つくえ》につっぷして息《いき》をはく。

先生《せんせい》がホワイトボードの板書《ばんしょ》を消《け》し終《お》え、教室《きょうしつ》から出《で》ようとしたとき、廊下《ろうか》からダダダッとだれかが走《はし》ってくる足音《あしおと》が聞《き》こえた。

「遅《おく》れてすみませーん！」

（……諒太《りょうた》！）

思《おも》わず、机《つくえ》から顔《かお》をあげた。

「遅《おく》れてって、おまえ、何時《なんじ》だと思《おも》ってるんだ。もう授業《じゅぎょう》、終《お》わったぞ？」

先生《せんせい》が言《い》うと、諒太《りょうた》は「マジでえ〜？」と天井《てんじょう》をあおいだ。

「なにしてたんだ、いったい」

先生《せんせい》の問《と》いかけに、諒太《りょうた》はぜいぜいいいながら、ポケットからくしゃくしゃになった一枚《まい》の紙《かみ》を取《と》りだした。

「で、電車《でんしゃ》が人身事故《じんしんじこ》で、止《と》まって、二時間《じかん》、足止《あしど》め食《く》ったんス」

先生《せんせい》はかけていためがねをはずして、諒太《りょうた》から受《う》けとった紙《かみ》をまじまじと見《み》た。

「……ああ。遅延証明書《ちえんしょうめいしょ》ね。そうか、だから今日《きょう》は、電車通学組《でんしゃつうがくぐみ》は来《き》てなかったんだな」

先生《せんせい》の言葉《ことば》に、あっと息《いき》をのんだ。

そうだ。そう言《い》われてみれば、諒太《りょうた》と同《おな》じ電車通学組《でんしゃつうがくぐみ》の立花《たちばな》さんと中尾《なかお》さんも来《き》ていなかった。

わたし、諒太《りょうた》のことしか考《かんが》えてなかった！

「それならそうと、連絡《れんらく》して来《こ》いよ。心配《しんぱい》するだろ」

先生《せんせい》が言《い》うと、諒太《りょうた》はポケットからスマホを取《と》りだした。

「それが、昨日《きのう》の晩《ばん》、充電《じゅうでん》するの忘《わす》れてて、電池切《でんちき》れてたんス」

情《なさ》けない顔《かお》で諒太《りょうた》が言《い》うと、

「さっすが諒太《りょうた》」

「ツメが甘《あま》い」

教室中《きょうしつじゅう》がどっと笑《わら》いにつつまれた。

（え～～っ、そうだったの？　だから既読《きどく》がつかなかったのかあ）

あまりに単純《たんじゅん》な理由《りゆう》で、力《ちから》が抜《ぬ》ける。

「それならしょうがないな。はい、了解《りょうかい》。今日《きょう》の補習《ほしゅう》は、別《べつ》の日《ひ》にするから、また来《こ》られる日《ひ》があったら連絡《れんらく》して来《こ》い。おつかれさん」
先生《せんせい》はそう言《い》うと、教室《きょうしつ》から出《で》ていった。
(なあんだ)
諒太《りょうた》は、塾《じゅく》をやめたわけじゃなかったんだ……！
「えへへ、遅刻《ちこく》しちゃった」
諒太《りょうた》がにこにこ笑《わら》ってわたしの席《せき》の前《まえ》に座《すわ》った。
(『遅刻《ちこく》しちゃった』じゃないよ！　もう)
あんなに心配《しんぱい》して、ソンした！
でも、やっぱり諒太《りょうた》のこの笑顔《えがお》を見《み》ると、安心《あんしん》する。
そう思《おも》ってほっとしていたら、
「おい、諒太《りょうた》。なにしてんだよ。鳴尾《なるお》が、めちゃめちゃ心配《しんぱい》してたんだぞ」
広瀬《ひろせ》が諒太《りょうた》に告《つ》げ口《ぐち》をはじめた。
(げっ、そんなこと、いちいち言《い》わなくていいのに……！)
すると、諒太《りょうた》はうれしそうな顔《かお》でわたしのほうへふりかえった。

「えっ、マジで〜？　鳴尾《なるお》、そうなの？」

「……まあね」

しぶしぶ答《こた》える。

「そうだよ。おまえのマウンテンバイクがないって、必死《ひっし》だったんだから」

坂田《さかた》まで、よけいなことを言《い》いだした。

「ああ、でがけにパンクしたから、今日《きょう》は乗《の》ってこなかっただけ。前《まえ》に鳴尾《なるお》も同《おな》じこと、あっただろ？」

（あったけどさ）

なにもこんなときに、パンクしなくていいじゃん。

まったく、ややこしいんだからっ！

「そっか〜。鳴尾《なるお》、俺《おれ》のこと、心配《しんぱい》してたんだあ。ふーん」

諒太《りょうた》が、ニヤニヤ笑《わら》ってわたしを見《み》る。

「鳴尾《なるお》さあ、もしかして俺《おれ》に、ほれちゃったんじゃないの？　やっぱ、俺《おれ》とつきあっちゃう？」

諒太《りょうた》がいつもの軽《かる》いノリで告白《こくはく》してくる。

(若葉《わかば》、思《おも》ってることは、口《くち》に出《だ》さなきゃ伝《つた》わらないよ!)

わたしは、両手《りょうて》をぎゅっとにぎりしめてから答《こた》えた。

「うん、いいよ」

すると、諒太《りょうた》が笑顔《えがお》のままで、がたたっとその場《ば》でのけぞった。

「……ウ、ウソ! マジで? いいの? なんで?」

「なによ、それ。いやなの?」

わたしが腕《うで》を組《く》んで聞《き》きかえすと、諒太《りょうた》はぶるぶると何度《なんど》も首《くび》を横《よこ》にふった。

「いえ! いやじゃないです! っていうか、好《す》きです!」

諒太《りょうた》が、その場《ば》で立《た》ち上《あ》がり、教室中《きょうしつじゅう》にひびきわたるような大声《おおごえ》で叫《さけ》ぶ。

「鳴尾若葉《なるおわかば》さん、俺《おれ》と、つきあってください!」

ざわめいていた教室《きょうしつ》が、シーンと静《しず》まりかえる。

わたしは、ふっとほほえんでから、うなずいた。

「いいよ。わたしも、諒太《りょうた》が好《す》きだから」

とたんに、残《のこ》っていた塾《じゅく》のメンバーが、うおおおおと叫《さけ》びだした。

「やったなあ、諒太《りょうた》！」

「よかったじゃん！」

教室中《きょうしつじゅう》、拍手《はくしゅ》がなりひびく。

諒太《りょうた》は、まだ信《しん》じられないって顔《かお》で、わたしを見《み》ている。

「あ、あのさ」

「ん？」

首《くび》をかしげて聞《き》きかえす。

「今《いま》から、地球《ちきゅう》が爆発《ばくはつ》したりしないよな？」

諒太《りょうた》が、心配《しんぱい》そうな顔《かお》で聞《き》いてくる。

「さあ、どうだろ。試《ため》してみる？」

わたしは笑《わら》って、クッキーの入《はい》った紙袋《かみぶくろ》を差《さ》しだした。


（おわり）

FOR YOU

イラスト担当《たんとう》させていただきました！
今回《こんかい》もたくさんキュン♡として、そして心《こころ》がほっこり
あたたかくなりました。ありがとうございました！

染川《そめかわ》ゆかり

集英社みらい文庫

キミと、いつか。

だれにも言《い》えない“想《おも》い”

宮下恵茉《みやしたえま》 作
染川《そめかわ》ゆかり 絵

ファンレターのあて先
〒101-8050 東京都千代田区一ツ橋2-5-10 集英社みらい文庫編集部
いただいたお便りは編集部から先生におわたしいたします。

2016年11月29日 第1刷発行
2021年 2 月15日 第8刷発行

発行者 北畠輝幸
発行所 株式会社 集英社
〒101-8050 東京都千代田区一ツ橋2-5-10
電話 編集部 03-3230-6246
読者係 03-3230-6080
販売部 03-3230-6393(書店専用)
http://miraibunko.jp
装丁 +++ 野田由美子 中島由佳理
印刷 凸版印刷株式会社
製本 凸版印刷株式会社

★この作品はフィクションです。実在の人物・団体・事件などにはいっさい関係ありません。
ISBN978-4-08-321347-2 C8293 N.D.C.913 168P 18cm

キミいつ♡タイムライン

KIMIITSU♡ TIME LINE

「今《いま》、こんな恋《こい》しています!」、「こんな恋《こい》でなやんでます」など、みんなの恋《こい》バナ教《おし》えてね。

先生《せんせい》への相談《そうだん》レター

こんにちは。『キミいつ』1巻《かん》見《み》ました!

私《わたし》もまいまいと同《おな》じような恋《こい》をしています。

今《いま》中《ちゅう》1で、小《しょう》5のときから好《す》きなK《ケー》くんがいます。

クラスがちがうし、あまり話《はなし》したことがないし、

ただ見《み》てるだけ……。どうすればいいですか?

K《ケー》くんと話《はなし》したいです!

(K《ケー》 LOVE《ラブ》 中《ちゅう》1)

宮下恵茉先生《みやしたえませんせい》より

ずっと好《す》きだなんて、すてき!　まずは視界《しかい》にはいれるよう、用事《ようじ》がなくてもK《ケー》くんのクラスに顔《かお》を出《だ》すようにしてみては?　目《め》が合《あ》うようになったら、仲《なか》よくなるチャンスもできるかも♡

ひとこと感想《かんそう》コーナー♡

イラストがかわいくて、
ストーリーもおもしろい。
ドキドキしておうえんしたくなる
“こい”がかかれていました。
（10さいママ・小《しょう》5）

胸《むね》がキュンって
なりました！
（いづ♪・小《しょう》6）

「好《す》き♥」という気《き》持《も》ちを
伝《つた》えたいのに、伝《つた》えられない
りおちゃんが、めちゃくちゃ
かわいい
（いちご 小《しょう》5）

麻衣《まい》の恋《こい》は
私《わたし》とにていたので、
とても共感《きょうかん》しました！
（咲紀《さき》・小《しょう》5）

私《わたし》も恋《こい》、がんばってみようかな♥ と思《おも》いました。
（あやりんこん・中《ちゅう》1）

おたより
まってるよ！

宮下恵茉先生《みやしたえませんせい》へのお手紙《てがみ》や、この本《ほん》の感想《かんそう》、
「キミいつ♡タイムライン」の相談《そうだん》レター
は、下《した》のあて先《さき》に送《おく》ってね！ 本名《ほんみょう》を出《だ》し
たくない人《ひと》は、ペンネームも忘《わす》れずにね☆

〒101-8050
東京都千代田区一ツ橋《とうきょうとちよだくひとつばし》 2-5-10
集英社《しゅうえいしゃ》みらい文庫編集部《ぶんこへんしゅうぶ》
『キミと、いつか。』係《かかり》

めっちゃおもしろい!!

〜7つの心霊写真《しんれいしゃしん》がでてくるよ〜

学校《がっこう》では怖《こわ》い写真《しゃしん》がたくさんとれるって知《し》ってた!?

これは本当《ほんとう》にあった心霊写真部《しんれいしゃしんぶ》のお話《はなし》だよ!

「放課後《ほうかご》ゆ〜れい部《ぶ》」

心霊写真《しんれいしゃしん》をもってくる生徒《せいと》だけが見《み》つけられるふしぎなクラブ。
4階《かい》のすみっこの教室《きょうしつ》にあるんだけど…部員《ぶいん》はたったのふたり。
小《しょう》6の三田衣怜《みたいれい》と小《しょう》5の長尾千鶴《ながおちづる》。
写真《しゃしん》にうつった幽霊《ゆうれい》でこまった生徒《せいと》たちを助《たす》けてくれる!
「ぼくらが解決《かいけつ》するよ。かわりに1つお願《ねが》いがあるんだけど!?」

そのお願《ねが》いって!?

第《だい》9回《かい》みらい文庫《ぶんこ》大賞《たいしょう》
大賞《たいしょう》受賞《じゅしょう》作品《さくひん》
悪魔《あくま》のパズル
第《だい》1弾《だん》
なぞのカバンと黒《くろ》い相棒《あいぼう》
第《だい》2弾《だん》
絶体絶命《ぜったいぜつめい》!? ねらわれた球技大会《きゅうぎたいかい》
天川栄人・作
香琳・絵
たったひとりの誕生日《たんじょうび》の夜《よる》、
見《み》つけたカバンから物語《ものがたり》が始《はじ》まる!!
第《だい》2弾《だん》は球技大会《きゅうぎたいかい》で
まさかの「入《い》れ替《か》わり」!?

森《もり》青《あお》葉《ば》は、13歳《さい》。誕生日《たんじょうび》の夜《よる》を自宅《じたく》でひとりですごしていると、
書斎《しょさい》で見《み》たことのない黒《くろ》いカバンをみつける。
しかし、そのカバンを開《あ》けたとたん、
中《なか》から鍵《かぎ》が飛《と》びだし、街中《まちじゅう》に散《ち》らばってしまった。
そして、そのカバンの中《なか》から出《で》てきたのはもうひとり（？）、
モッフモフの子犬《こいぬ》のすがたをした悪魔《あくま》「マルコシアス」で……!?
悪魔《あくま》って写真《しゃしん》に写《うつ》らないんだ。
せっかく盛《も》れたのに
悪魔《あくま》が相棒《あいぼう》なんてお断《ことわ》りだ！
ずっと君《きみ》と話《はな》したかったんだ
中谷《なかたに》奈波《ななみ》
青葉《あおば》のクラスメイト。友《とも》だちが100人《にん》いるとのうわさ。
森《もり》 青葉《あおば》
本好《ほんず》きな中学《ちゅうがく》1年生《ねんせい》。友《とも》だちはほぼいない。
すばる
鍵《かぎ》を集《あつ》めにむかった先《さき》で、青葉《あおば》が出会《であ》ったロリータさん。
第《だい》2弾《だん》「絶体絶命《ぜったいぜつめい》!? ねらわれた球技大会《きゅうぎたいかい》」は
2021年《ねん》2月《がつ》26日《にち》（金《きん》）発売《はつばい》!!

「みらい文庫《ぶんこ》」読者《どくしゃ》のみなさんへ

言葉《ことば》を学《まな》ぶ、感性《かんせい》を磨《みが》く、創造力《そうぞうりょく》を育《はぐく》む……、読書《どくしょ》は「人間力《にんげんりょく》」を高《たか》めるために欠《か》かせません。

たった一枚《いちまい》のページをめくる向《む》こう側《がわ》に、未知《みち》の世界《せかい》、ドキドキのみらいが無限《むげん》に広《ひろ》がっている。

これこそが「本《ほん》」だけが持《も》っているパワーです。

学校《がっこう》の朝《あさ》の読書《どくしょ》に、休《やす》み時間《じかん》に、放課後《ほうかご》に……。いつでも、どこでも、すぐに続《つづ》きを読《よ》みたくなるような、魅力《みりょく》に溢《あふ》れる本《ほん》をたくさん揃《そろ》えていきたい。読書《どくしょ》がくれる、心《こころ》がきらきらしたり胸《むね》がきゅんとする瞬間《しゅんかん》を体験《たいけん》してほしい、楽《たの》しんでほしい。みらいの日本《にほん》、そして世界《せかい》を担《にな》うみなさんが、やがて大人《おとな》になった時《とき》、「読書《どくしょ》の魅力《みりょく》を初《はじ》めて知《し》った本《ほん》」「自分《じぶん》のおこづかいで初《はじ》めて買《か》った一冊《いっさつ》」と思《おも》い出《だ》してくれるような作品《さくひん》を一所懸命《いっしょけんめい》、大切《たいせつ》に創《つく》っていきたい。

そんないっぱいの想《おも》いを込《こ》めながら、作家《さっか》の先生方《せんせいがた》と一緒《いっしょ》に、私《わたし》たちは素敵《すてき》な本作《ほんづく》りを続《つづ》けていきます。「みらい文庫《ぶんこ》」は、無限《むげん》の宇宙《うちゅう》に浮《う》かぶ星《ほし》のように、夢《ゆめ》をたたえ輝《かがや》きながら、次々《つぎつぎ》と新《あたら》しく生《う》まれ続《つづ》けます。

本《ほん》を持《も》つ、その手《て》の中《なか》に、ドキドキするみらい――。

本《ほん》の宇宙《うちゅう》から、自分《じぶん》だけの健《すこ》やかな空想力《くうそうりょく》を育《そだ》て、〝みらいの星《ほし》〟をたくさん見《み》つけてください。

そして、大切《たいせつ》なこと、大切《たいせつ》な人《ひと》をきちんと守《まも》る、強《つよ》くて、やさしい大人《おとな》になってくれることを心《こころ》から願《ねが》っています。

2011年《ねん》　春《はる》

集英社《しゅうえいしゃ》みらい文庫編集部《ぶんこへんしゅうぶ》